짧은글 긴생각

: 그때 느꼈으면 행복했을 것을, 마음을 멈추고 다만 바라보라

그때 느꼈으면 행복했을 것을,
마음을 멈추고 다만 바라보라

짧은글 긴생각

발타자르 그라시안, 달라이 라마, 바바하리다스, 틱낫한 등 지음
강나루 엮음

북
씽크

인생

지혜

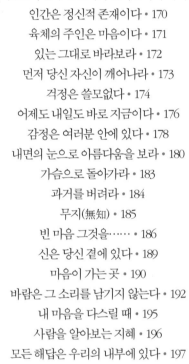

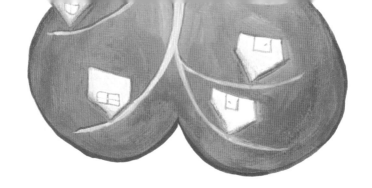

사랑

커다란 바위 밑에서 바위를 바라보면 그 바위는 아름다움보다
는 중압감으로 다가섭니다. 스치는 바람도 고개를 돌리고, 아침
이슬도 한걸음씩 뒤돌아섭니다. 왜일까요.

우리의 마음도 그렇습니다. 지금 나에게 다가선 고통과 슬픔,
어려움, 이별, 아픈 삶, …… 모든 것들이 커다란 중압감으로 위협
하고 뒷걸음치게 합니다.

하지만 그 답답하기만 하던 바위도 능선을 하나 넘어 조금은 멀
리서 바라보면 주변과 어울려 아름답게 보입니다. 꼭 그곳에 있어
야 주변 경관이 더 아름다울 것 같습니다.

우리의 고통도 그렇습니다. 지금의 현실이 아닌 조금은 물러서서, 조금은 지나쳐서 바라보면 그때 그 고통이, 그 시련이 자신을 다듬고, 키우는 아름다운 것이라는 것을 느끼게 됩니다.

그러한 마음을 바라보게 하는 언어와 글, 체험 등을 함께 할 수 있다면 더욱더 아름답게 보일 것입니다.

가벼운 생각으로, 깊은 마음으로, 자신을 돌아다보고, 자신을 내다보세요.

그곳엔 미소와 여유가 기다리고 있을 것입니다.

강나루

삶

언제나 즐겁구나

가난을 스승으로 청빈을 배우고
질병을 친구로 탐욕을 버렸네.

고독을 빌어 나를 찾았거니
천기가 더불어 나를 짝하누나.
산천은 절로 높고 물은 스스로 흐르네.

한가한 구름에 잠시 나를 실어본다.
바람 부는 대로 맡길 일이지,
어디로 흐르건 상관이 없네.

있는 것만을 찾아서 즐길 뿐
없는 것을 애써 찾지 않으니
다만 얽매이지 않으므로 언제나 즐겁구나.

_어느 스님

마음을 멈추고 다만 바라보라

마음은 다만 마음이지. '마음' 은 '나' 가 아니랍니다.
'마음을 멈추고 다만 나를 바라보라'

"무서워 죽겠다."
"힘들어 죽겠다."
"미워 죽겠다."

'죽겠다' 라고 하는 것은 '마음' 이지 '나' 가 아니랍니다.

날개가 달린 비둘기가 네발 달린 고양이에게 물려 죽습니다.
비둘기는 고양이와 눈이 마주치는 순간
그만 얼어붙어서 꼼짝을 하지 못합니다.
비둘기를 죽게 하는 건
"무서워서 꼼짝 할 수 없어"라는 그 마음입니다.

비둘기가 '마음' 을 두고 '나' 를 바라본다면
날아서 도망을 갈 수도 있을 텐데도 말이죠.
그런 비둘기가 된 자살인구들이
교통사고로 죽는 사람들보다 많아진 시대입니다.

우리는 스스로 마음을 멈추고 나를 바라보는 연습이 필요한 때입니다.
멋지고, 용기있고, 패기있고, 아름다운……
'나' 를 보는 연습을 해봅시다.

_틱낫한

나의 길은 누가 내었습니까

이 세상에는 길도 많기도 합니다.
산에는 돌길이 있습니다.
바다에는 뱃길이 있습니다.
공중에는 달과 별의 길이 있습니다.
강가에서 낚시질하는 사람은
모래위에 발자취를 냅니다.

들에서 나물 캐는 여자는 방초(芳草)를 밟습니다.
악한 사람은 죄의 길을 좇아갑니다.
의(義)있는 사람은 옳은 일을 위해서는 칼날을 밟습니다.
서산에 지는 해는 붉은 놀을 밟습니다.
봄 아침의 맑은 이슬은 꽃머리에서 미끄럼 탑니다.

그러나 나의 길은 이 세상에 둘밖에 없습니다.
하나는 님의 품에 안기는 길입니다.
그렇지 아니하면 죽음의 품에 안기는 길입니다.
그것은 만일 님의 품에 안기지 못하면
다른 길은 죽음의 길보다 험하고 괴로운 까닭입니다.

아아, 나의 길은 누가 내었습니까.
아아, 이 세상에는 님이 아니고는 나의 길을 내일 수가 없습니다.
그런데 나의 길을 님이 내었으면 죽음의 길은 왜 내셨을까요.

_만해 한용운

위대한 자각이 바로 '나' 다

세상에 그 모든 것이 존재한다 하여도
그 모든 것이 존재함을 밝혀줄 수 있는 빛이 없다면
우리는 그 모든 것이 존재함을 알지 못한다.
비록 어둠이 존재한다 하여도
어둠조차도 이렇듯 밝음을 통해 볼 수 있는 것이며,
빛의 부재 또한 빛이 있기에 알 수 있다.

빛으로 인해 만물은
자신의 존재를 자각하고 있다.
빛으로 인해 만물은
자신의 모습을 인식하고 드러내고 있다.
나는 이러한 만물에 귀속돼 있지 않다.
나는 빛이다.
나는 모든 것을 비추고 있는 빛이다.
나는 밝음이다.
나는 모든 것을 밝혀 주고 있는 밝음이다.

모든 만물의 자각을 갖게 하는 빛과 밝음이 바로 '나' 다.
모든 만물의 자각을 존재하게 하는 위대한 자각이 바로 '나' 다.
나는 진정 신이다.

_게이트

나에게 행동할 수 있는 힘을 주는 것

내 생명의 근원이여,
나는 언제나 몸을 깨끗하게 하고 있습니다.
당신의 손길이 나의 몸을 어루만지고
있다는 사실을 알기 때문입니다.

나는 언제나
나의 생각에서 모든 거짓을
씻어내기 위하여 노력하고 있습니다.
내 마음속에 깃들여 있는
이성의 등불에 불을 밝힌 진리가
당신이라는 사실을 알기 때문입니다.

나는 나의 가슴에서
모든 죄악을 물리치고
사랑이 피어나도록 노력하고 있습니다.
내 가슴 가장 깊은 곳,
그곳에 당신이 머무르고 있다는 사실을 알기 때문입니다.

그래서 당신이
나의 행동으로 나타나도록 노력하고 있습니다.
나에게 행동할 수 있는 힘을 주는 것으로
당신의 권능이라는 사실을 알기 때문입니다.

_타고르

지금의 그대를 한껏 즐겁고 아름답게 살라

바람에 뒤척이는 풀잎처럼 춤추며 살 일이다.
날으는 풀씨처럼 가볍게 살 일이다.
온 대지에 은은한 향기 풍기며 살 일이다.
하늘 향해 눈부신 생명력을 내뿜으며 살 일이다.
어제와 내일은 보내신 이의 시간이고,
나의 시간은 오직 이 순간 뿐,
온갖 근심과 고뇌는 나를 지으신 이의 몫이니,
나는 그저 살아있음의 기쁨을 구가할 뿐이다.

나는 어차피 내 주변 몇 사람의 생각 속에서나 살아가는 존재.
내가 죽어 단 몇 십 년만 지나도 세상은 나를 까맣게 잊으리니.
그대 무엇을 위하여 그다지 고뇌하는가?
다만 지금의 그대를 한껏 즐겁고 아름답게 살라.

그리고 그대 주변의 사람들을 기쁘게 하여주라.
그대의 지난 날 조차도 스스로 기억하지 못하거든
그 누가 먼 훗날 그대의 지난날을 기억하리요?
그러니 모든 것을 다 놓고 그저 지금 이 순간을 더불어 기쁘게 살라.

모든 죄는 잊혀지고 용서되며 지워질 것이나
그대 스스로 영혼이 남아있거든 먼 훗날 후회할 것이다.
다만 즐겁게 살지 않은 채 사소한 것에
너무나 심각했던 것이 '죄' 라고.

_무라까미 류

삶의 신비를 풀게 되리라

내가 순수해지면,
삶의 신비를 풀게 되리라.
나는 진리 안에 머물고
진리는 내 안에 머물게 되리라.

내 마음이 순수해질 때,
나는 안전하고 분별력을 지니며
완전히 자유로워지리라.

조화의 원리, 정의,
또는 신성한 사랑을 발견하면,
모든 것이 있는 그대로의 모습으로 보인다.
착각을 일으키는 이기심과 의견의 매개 없이
바로 볼 수 있기 때문이다.

있는 그대로의 모습으로 보면,
세계 전체가 하나의 존재이며
세계의 모든 다양한 작용들은
단일 법칙의 현실이다.

_제임스 앨런

내 마지막 순간

나는
그날이 오리라는 것을 안다.
이 세상이
내 눈 앞에서 사라질 그날이
삶을 조용하게 마침을 고하면서
마지막 커튼을 내 눈앞에 드리우겠지.

그러나 별들은 여전히 반짝이고
새벽은 어제처럼 밝아올 것이고
시간은 파도처럼 출렁이면서
기쁨과 슬픔을 옮길 것이다.

내 마지막 순간
찰나의 벽들이 사라진다.
그리고 개의치 않던 보물이
당신들의 세계 속에 있음을 보리라.
하찮은 인생이란 없으며
낮고 비천한 자리도 없음이다.

아주 헛되이 집착한 것들과
그래서 얻은 것들을 그냥 내버려두라.
그 대신 이제껏 스스로 걷어 차 버린
보물을 소유하게 되리니.

_타고르

행복을 누릴 자격이 없다

행복을 붙잡으려고 쫓아다닌다면
당신은 아직 행복을 누릴 자격이 없다.

사랑스러운 모든 것이
당신 것이 된다 해도
잃어버린 것을 당신이 안타까워하고
목표를 정해놓고 초조해 한다면
당신은 아직 평화가 무엇인지 모르는 사람이다.

모든 갈망을 단념하고
목표나 욕망 따위를 더 이상 알지 못할 때,
행복이라는 말을 더 이상 입에 담지 않을 때,
비로소 일상의 물결은 더 이상
당신의 마음을 괴롭히지 않고
당신의 영혼은 안식을 찾을 것이다.

_헤르만 헤세

삶을 즐겨라

우린 노래를 즐겨 부르지.
삶을 제대로 즐길 줄 아는 이들,
아름다운 이들만이
진짜 노래를 할 수 있는 법이지.
우린 삶을 사랑해.

저기서 노래하는 사람들도
피곤하긴 마찬가지야.
그러나 하루 종일 일을 하고도
달이 뜨면 저렇게 모여 앉아
즐겁게 노래를 하는 거지.

삶을 모르는 사람들은
누워서 잠을 자겠지만
삶을 제대로 이해하고 즐기는 사람들은
저렇게 노래를 하는 거지.

_막심고리끼

거울처럼 있자

나는 거울처럼 있어야 한다.
나 자신에 대해서도, 다른 이들에 대해서도.
거울은 자기 색깔을 갖고 있어선 안 된다.
자신이나 다른 이들을 본래 모습대로 비춰 줄 수 없기 때문이다.

자기 색깔이 없기 때문에 거울이 스스로 다른 무엇인가를
바꾸려고 덤비지 않으며 덤벼서도 안 된다.
나는 거울 속에 비친 나를 보며 저절로 변화되어 갈 것이다.

다른 이들도 마찬가지다.
내가 그저 홀로 향기롭게 가만히 있으면
내 거울에 비친 자신들을 보며 저절로 변화되어 갈 것이다.
서로가 서로에게 서로가 서로를 위해서
이렇게 거울로 있으면 족하다.
비춰 주고 비춰지는 가운데
절로절로 변화되어 갈 것이다.

나 자신을 변화시켜야 한다는,
다른 이들을 변화시켜야 한다는,
이 사회를 변화시켜야 한다는,
그 족쇄가 풀릴 때 비로소 기쁨과 평화를 누릴 것이다.

예수가 거울처럼 있자 누구는 넘어지고 누구는 일어났다.

_성 유보나벤뚜라

마음으로 지어진 집

잘 지어진 집에
비나 바람이 새어 들지 않듯이

웃는 얼굴과 고운 말씨로 벽을 만들고,
성실과 노력으로 든든한 기둥을 삼고,
겸손과 인내로 따뜻한 바닥을 삼고,
베풂과 나눔으로 창문을 널찍하게 내고,

지혜와 사랑으로
마음의 지붕을 잘 이은 사람은
어떤 번뇌나 어려움도
그 마음에 머무르지 못할 것이다.

한정되고 유한한 공간에
집을 크게 짓고
어리석은 부자로 살기보다

무한정의 공간에 영원한 마음의 집을
튼튼히 지을 줄 아는 사람은
진정 행복한 사람일 것이다.

_진명스님

모든 것에는 때가 있다

하늘 아래서 일어나는 모든 일에는
다 정해진 때가 있다.
날 때가 있고 죽을 때가 있으며
심을 때가 있고 심은 것을 뽑을 때가 있다.

죽일 때가 있고 살릴 때가 있으며,
부술 때가 있고 세울 때가 있으며,
울 때가 있고 웃을 때가 있다.
슬퍼할 때가 있고 춤출 때가 있다.

돌을 던져 버릴 때가 있고
돌을 모을 때가 있으며,
껴안을 때가 있고
껴안는 것을 멀리 할 때가 있다.

얻을 때가 있고 잃을 때가 있으며,
지킬 때가 있고 버릴 때가 있으며,
찢을 때가 있고 꿰맬 때가 있다.

침묵할 때가 있고 말할 때가 있으며,
사랑할 때가 있고 미워할 때가 있으며,
싸울 때가 있고 화해할 때가 있다.

_구약성서 전도서

단순하게 살아라

단순하게 살라.
제발 바라건대 여러분의 일을
두세 가지로 줄이라!

간소화하고, 간소화하라.
하루 세끼 먹는 대신 하루 한 끼만 먹으라.

우리는 더 많은 것을
얻으려고만 끝없이 노력하고,
더 적은 것으로 만족하는 법은
끝내 배우지 않을 것인가?

자기 자신을 사냥의 대상으로 삼는 것이
좀 더 고귀한 스포츠가 아니겠는가?

그대의 눈을 안으로 돌려 보라.
그러면 그대의 마음속에
지금까지 발견 못했던
천 개의 지역을 찾아내리라.

그곳을 답사하라.
그리고 자기 자신이라는 우주학의 전문가가 되라.

_헨리 데이빗 소로우

참된 삶의 기쁨

삶을 참으로 즐기고자 하는 사람은
포기할 줄 알아야 한다.
내적 자유를 얻는 과정에는 자기 수련이 필요하다.
자신의 삶을 자신의 손으로
스스로 만들어 가고 있다는 느낌을 가지는 사람만이
그러한 사실에서 행복을 느끼게 된다.

자신의 욕구들에 완전히 노예가 되어
어떤 욕구가 발생하면
즉시 해결해야만 하는 사람은
결코 참된 삶의 기쁨을 누릴 수 없다.

그러한 사람은 기쁨을 누리기는커녕
자신의 삶을 스스로 살아가는 것이 아니라
남으로 인해서
살아가는 듯한 몽롱한 느낌을 가지게 된다.

_안셀름 그륀

지금 이 순간을 살아라

'지금 이 순간'을 삶의 구심점으로 삼으십시오.
시간 속에 살면서 잠깐씩만
'지금 이 순간'에 들르는 것이 아니라,
'지금 이 순간'에 살면서 실제로 필요한 경우에만
과거와 미래를 잠깐씩 방문하도록 하십시오.

현재의 순간에게
항상 '네'라고 말하십시오.
이미 그러한 상황에 저항하는 것보다
무익하고 어리석은 태도가 있을까요?
삶은 항상 '지금'이 있을 뿐인데도,
그러한 삶 자체에 반대하는 것보다
더 미친 짓이 있을까요?

있는 그대로 내맡기십시오.
삶에게 '네'라고 말하십시오.
그제야 삶은 당신을 거역하지 않고
당신을 향해 움직이기 시작할 것입니다.
언제나 현재의 '순간'만이
내가 갖고 있는 '전부'라는 것을
깊이깊이 인식하십시오.

_에크하르트 톨레

비워야 채워지는 삶

예전엔 몰랐습니다.
비워야 채워지는 삶을 어제보다 지금보다 나은 생활을 영위하려고
발버둥만 치는 삶이었습니다.
항상 내일을 보며 살았으니까요.

오늘은 늘 욕심으로 채워 항상 욕구불만에
남보다 더 갖고 싶은 생각에 나보다 못 가진 자를 보지 못했습니다.
그래서 항상 불만이었습니다.

하지만 이제 깨닫습니다.
가득 차 넘치는 것은 모자람만 못하다는 현실을
이제 마음을 비웠습니다.
또 욕심이 찬다면 멀리 갖다가 버리겠습니다.

무엇이 필요하다면 조금만 갖겠습니다.
그리고 나누겠습니다.
가식과 허영을 보며 웃음도 지어 보이겠습니다.
내 안의 가득 찬 욕심을 버리니 세상이 넓어 보이고
내가 쥔 게 없으니 지킬 걱정도 없어 행복합니다.

예전에 헌 자전거를 두고
새 자전거를 사서 잃어버릴까 걱정하던 생각이 떠오릅니다.
마음하나 비우면 세상이 달라지는 이유를 깨달았습니다.

_이민홍

가슴 뛰는 삶을 살아라

가슴 뛰는 일을 하라.
그것이 당신이 이 세상에 온 이유이자 목적이다.

그리고 그런 삶을 사는 것이
실제로 가능하다는 사실을 당신은 깨달을 필요가 있다.
자신이 원하는 방향으로 삶을 이끌어나가는 힘이 누구에게나 있다.
두려움을 믿는 사람은 자신의 삶도 두려움으로 가득 차게 만든다.

사랑과 빛을 믿는 사람은 오직 사랑과 빛만을 체험한다.
당신이 체험하는 물리적 현상은
당신이 무엇을 믿고 있는가에 따라 결정된다.
자신의 삶을 사는 일,
충분히 자신의 모든 부분을 살아가는 일,
그리고 자기 존재가 이미 완전하다는 것을 깨닫는 일,
지금 당신에게 필요한 것은 그것이다.

삶은 당신이 생각하는 것보다 훨씬 단순하다.
진정으로 가슴 뛰는 일을 하고 있다면
모든 것이 당신에게 주어질 것이다.

우주는 무의미한 일을 창조하지 않기 때문이다.
당신이 가슴 뛰는 삶을 살 때 우주는 그 일을 최대한 도와줄 것이다.
이것이 우주의 기본 법칙이다.

_다릴 앙카

행복한 삶

행복한 삶이란
나 이외의 것들에게
따스한 눈길을 보내는 것이다.

우리가 바라보는 밤하늘의 별은
식어 버린 불꽃이나 어둠 속에 응고된 돌멩이가 아니다.

별을 별로 바라 볼 수 있을 때,
발에 채인 돌멩이의 아픔을 어루만져 줄 수 있을 때,
자신이 잃어버린 것이 무엇인지 깨달았을 때,
비로소 행복은 시작된다.

사소한 행복이
우리의 삶을 아름답게 만든다.
하루 한 시간의 행복과 바꿀 수 있는 것은
이 세상에 아무것도 없다.

_헨리 데이빗 소로우

자연의 법칙에서 미래는 필요치 않다

이 자연의 법칙에서 미래는 필요치 않다.
지금 이 순간을 살아가면 그뿐이다.
다음 순간은 이 순간 이후에
저절로 따라오게 되어 있다.

어린아이가 자라서 어른이 되기 위해
굳이 계획을 세울 필요가 없듯 자연스럽게,
모든 일은 일어나게 되어 있다.
마치 강이 바다를 향해 흘러가는 것처럼,
우리도 끝을 향해, 바다를 향해 흘러간다.
노를 휘저을 필요도 없다. 그저 흘러가면 된다.

이 순간을 살아가면 된다.
미래에 대해, 야망이나 욕망에 대해,
생각하기 시작하는 그 순간,
우리는 이 순간을 놓치고 만다.
이 순간을 낭비하게 된다.
늘 무언가 부족한 상태에서
이 순간과 나 자신 사이에 거리감이 생긴다.

_오쇼 라즈니쉬

언제나 자신과 연애하듯이 살라

언제나 당신 자신과 연애하듯이 살라.
그대가 불행하다고 해서 남을 원망하느라
기운과 시간을 허비하지 말라.
어느 누구도 그대 인생의 질에 영향을 미칠 수는 없다.
그럴 수 있는 사람은 오직 당신뿐이다.

모든 것은 타인의 행동에 반응하는
스스로의 생각과 태도에 달려있다.
모든 사람들이 현재의 자신과는 다른,
좀 더 중요한 사람이 되고 싶어 하는데
그런 헛된 노력에 매달리지 말라.
그대는 이미 중요한 사람이다.
그대는 그대 자신이다.
그대 본연의 향기로운 모습으로 존재할 때 비로소 행복해질 수 있다.

그대 본연의 모습에서 만족을 느끼지 못한다면
진정한 만족이란 결단코 불가능하다.
자부심이란 다른 누구도 아닌 오직 그대만이
그대 자신에게 줄 수 있는 것이다

스스로를 사랑하는 것은 중요한 일이다.
당신의 어머니가 당신을 사랑하는 것 이상으로 스스로를 사랑하라.
언제나 당신 자신과 연애하듯이 살라.

_어니 J. 젤린스키

항상 감사하는 마음에 대하여

두 눈이 있어
아름다움을 볼 수 있고,
두 귀가 있어
감미로운 음악을 들을 수 있고,
두 손이 있어
부드러움을 만질 수 있으며,
두 발이 있어
자유스럽게 가고픈 곳 어디든 갈 수 있고,
가슴이 있어
기쁨과 슬픔을 느낄 수 있다는 것을 생각합니다.

나에게 주어진 일이 있으며,
내가 해야 할 일이 있다는 것을
날 필요로 하는 곳이 있고,
내가 갈 곳이 있다는 것을 생각합니다.

하루하루의 삶의 여정에서
돌아오면 내 한 몸 쉴 수 있는
나만의 공간이 있다는 것을
날 반겨주는 소중한 이들이
기다린다는 것을 생각합니다.
내가 누리는 것을 생각합니다.

아침에 보는 햇살에 기분 맑게 하며
사랑의 인사로 하루를 시작하며

아이들의 해맑은 미소에서
마음이 밝아질 수 있으니 길을 걷다가도
향기로운 꽃들에 내 눈 반짝이며

한 줄의 글귀에 감명 받으며
우연히 듣는 음악에
지난 추억을 회상할 수 있으며,
위로의 한마디에
우울한 기분 가벼이 할 수 있으며,
보여주는 마음에
내 마음도 설레일 수 있다는 것을
나에게 주어진 것들을 누리는 행복을 생각합니다.

볼 수 있고, 들을 수 있고,
만질 수 있고, 느낄 수 있다는 것에
건강한 모습으로 뜨거운 가슴으로
이 아름다운 한 세상을 살아가고 있다는 것에
오늘도 감사하다는 것을……

_지식in

살다보니

살다보니 돈보다 잘난 거 보다
많이 배운 거 보다 마음이 편한 게 좋다.
살아가다보니 돈이 많은 사람보다
잘난 사람보다 많이 배운 사람보다 마음이 편한 사람이 좋다.

내가 살려하니 돈이 다가 아니고 잘난 게 다가 아니고
많이 배운 게 다가 아닌 마음이 편한 게 좋다.

사람과 사람에 있어 돈보다는 마음을, 남보다는 겸손을,
배움보다는 깨달음을 반성할 줄 알아야 한다.

내가 너를 대함에 있어 이유가 없고, 계산이 없고, 조건이 없고,
어제와 오늘이 다르지 않은
물의 한결같음으로 흔들림이 없어야 한다.

산다는 건
사람을 귀하게 여길 줄 알고,
그 마음을 소중히 할 줄 알고,
너 때문이 아닌 내 탓으로 마음의 빚을 지지 않아야 한다.

내가 세상을 살아감에 있어
맑은 정신과 밝은 눈과 깊은 마음으로
눈빛이 아닌 시선을 볼 수 있어야 한다.

_지식in

온전한 존재

사람들은 모두 삶이 다르고
모두 다양한 방식으로 세상을 봅니다.
좋아하고 싫어하는 것이 다르고 그렇게 된 배경도 다릅니다.

만약 그대가 차이점에만 집중한다면
늘 다른 사람과 비교하면서 불편함을 느낄 것입니다.
결코 이 악순환에서 벗어날 수 없게 될 것입니다.

그러나 서로의 차이점을 없애려고
굳이 노력하지 않는다면
사막같은 비교의 순간은 사라지게 됩니다.
그대가 가지고 있는 것은 다른 이들도 가지고 있습니다.

우리 모두는 온전한 존재입니다.
참된 자의 눈으로 다른 이들을 바라보고,
만약 자신을 완벽한 존재라고 느낀다면
다른 이들도 그렇다는 것을 기억하세요.

_디팩초프라

생동감으로 넘치는 삶을 살아라

삶을 즐겁고 편하게 대하라.
삶을 느긋하게 대하라.
불필요한 문제를 만들어 내지 말라.
그대가 가진 문제의 99퍼센트는
삶을 심각하게 대하기 때문에 생긴 것이다.
심각함이 모든 문제의 뿌리다.

밝고 유쾌하게 살라.
밝게 산다고 해서 놓치는 것은 없을 것이다.
삶이 곧 신이다. 그러니 하늘 어딘가에 앉아 있는 신은 잊어라.

활기차게 살라.
생동감으로 넘치는 삶을 살라.
마치 이 순간이 마지막인 것처럼 매 순간을 살라.

강렬하게 살라.
그대 삶의 횃불이 활활 타오르게 하라.
단 한순간만 그렇게 산다 해도 그것으로 충분하다.

강렬하고 전체적인 한 순간이
그대에게 신의 맛을 보여주기에 충분하다.
투명하고 전체적인 한순간, 즉흥적이고 자발적인 한순간을 살라.
후회나 미련이 남지 않도록 강렬하게 살라!

_오쇼 라즈니쉬

배우고 사랑하고 웃어라

당신이 가진 한계는 스스로 만든 것이다.
감옥은 당신 자신이 만든 것,
삶은 당신에게 도전을 주었다.
하지만 그렇다고 해서 그 목적이
당신을 구속하기 위함은 아니었다.

당신에게 자유를 주고, 성장하고,
치유 받을 수 있는 배움과
경험을 주기 위함이었다.
삶은 당신을 감옥에서 구하기 위해 노력했다.

자기 자신을 비난하지 말라.
사랑하는 마음으로 여행을 계속하고,
지금 이 순간에 머물라.
경험하고, 배우고, 사랑하고, 웃으라.
울고 싶다면 울어라.
어둠 속에서도 볼 수 있도록
손전등을 갖고 다니라.

하지만 무엇보다
자기 자신을 받아드리고 앞으로 나아가라.
여행을 계속하라, 자유롭게.
그리고 사랑하고, 자주 웃으라.

_멜로디 비에티

걱정거리

그대가 지금 걱정하는 일들이
무엇인가 곰곰이 생각해 보라.
누군가 나를 원망하고 있지는 않은지
무슨 일에 실패하지는 않을지 등등……
혹 이런 걱정이거든 지금 당장 떨쳐버려라.
언제 나타날지도 모르는 아직 나타나지도 않은
불확실한 일에 대해 미리부터 걱정할 필요는 없다.

불행은 미리 걱정한다고 해서 그것이 해결되지는 않는다.
걱정의 대부분은 내일, 혹은 앞으로
일어날지도 모르는 일이다.
이미 닥친 불행에 대해서
자꾸 근심하는 것은 쓸데없는 일이다.
엎질러진 물은 주워 담을 수 없다.
걱정에서 벗어나라.
그것이 마음의 평화를 얻는 길이다.

_발타자르 그라시안

삶을 즐겨라

인생이란 한 인간의 탄생과 성장,
뇌쇄와 사망에 이르는 일련의 지속적인 활동과정이다.

세상에 태어난 인간들은
살아가며 저마다 물질을 갈구하고 어떤 대상에 집착하게 된다.
그리고 자신의 소유를 위해 싸우고 서로 착취한다.
인간은 끝없는 욕망 앞에 조바심치며 안달하는데
이것이 분노와 증오, 시기를 낳는다.
그리하여 탄생에서부터 죽음에 이르는 순간까지
커다란 고통을 지니게 되는 것이다.

인생의 소중한 참맛을 볼 수 있는 방법은
딱 하나,
있는 그대로 받아들이는 것이다.
덧없는 쾌락에 빠져들지 말고,
얕은 감각의 대상에 얽매이지 말라.
죽음 또한 인생의 한 부분으로 받아들여라.

그대에게 찾아드는 모든 것은 그저 즐겨라.
이 길만이 그대가 더 이상의 고통스런
짐으로 부터 해방되는 길이며
진정 평화로운 세상에서
행복한 삶을 누릴 수 있는 유일한 방법이다.

_바바하리다스

감사하는 마음

감사하는 마음은 종교의 근본이다.
이 마음을 통해 우리는
신이 존재함을 깨닫게 된다.
진정한 구도자는
늘 감사하는 마음으로 사는 사람으로
모든 존재에게 감사를 드린다.
심지어는 자신에게 큰 상처를 안긴 적에게 조차도……
자연은 인간에게 모든 것을 주었다.
저 푸른 하늘과 아름다운 꽃들,
울창한 수풀을 주었다.
목이 마를 때는 맑은 샘물을 주고
배가 고플 때는 먹을 것을 주었다.

그러나 인간은 단 한 번이라도
진정 자연에 대해 감사한 적이 없었다.
아니, 오히려 자신의 불편만 늘어놓았다.
우리 인간이 겸허한 마음으로 돌아가서
자신을 바라볼 때 우리가 누리고 있는
이 모든 것들을 준 존재에
진정으로 감사의 기도를 드릴 수 있을 것이다.
새로운 마음의 눈이 열릴 것이다.
늘 감사한 마음으로 하루하루를 살아가는 것이야말로
신의 사랑 속에서 살아가는 길이다.

_바바하리다스

산다는 것과 초월한다는 것

진정한 기쁨은
세상에 대한 모든 관념을 벗어던질 때 찾아온다.
이 세상 자체가 바로 관념들의 덩어리이다.
규칙적인 명상수행과 삶의 자체에 대한
신뢰감을 키워 나감으로써 우리는
그 진정한 기쁨의 경지에 다다를 수 있다.

삶의 과정에서 겪는
많은 일들, 기쁨과 슬픔, 성공과 좌절,
이 모든 일을 삶의 성숙이라는 입장에서 받아들여보라.
그때 존재의 차원에서 변화가 온다.

우리 안에 있는 참 나는
순수의식 자체이며 스스로 빛나는 촛불과 같다.
인생을 있는 그대로 받아들이면 거기에 만족이 있다.
찾아오는 대로 받아들이면 된다.
거기에 평화가 있다.
삶을 있는 그대로 받아들이지 않을 때 거기에 고통이 있다.

깨달음을 얻은 사람은
언제나 평화 속에 있어서 그 평화가 주위로 퍼져나간다.
아주 자연스러운 현상이다.
이 평화는 정신적인 힘으로 높은데서 흘러내리는 물과 같다.
햇살이 주변을 밝히고 따뜻하게 하는 것과 같다.

몸속에 깃든 영혼은 지고한 존재이다.
몸은 영혼이 거주하는 신전이다.
영혼 속에 신의 생명력이 숨 쉬고 있다.
자유로운 선택으로 이루어진
이 세계에서는 모든 것이 가능하다.
집착을 원하면 욕망에 따라 고통을 얻을 것이요,
초연함을 원하면 그에 따라 평화와 자유를 얻을 것이다.

_바바하리다스

'지금까지' 가 아니라 '지금부터' 입니다

때때로 자신의 과거 때문에
자신의 현재까지 미워하는 사람을 보게 됩니다.

사람은 살아가면서 되돌릴 수 없는 이미 흘러간 시간을
가장 아쉬워하고 연연해하는 반면
가장 뜻 깊고, 가장 중요한 지금이라는 시간을
소홀히 하기 쉽습니다.

과거는 아무리 좋은 것이라 해도 다시 돌아오는 법이 없는
이미 흘러간 물과도 같을뿐더러그것이 아무리 최악의 것이였다해도
지금의 자신을 어쩌지는 못합니다.

우리가 관심을 집중시켜야 할 것은
지나온 시간이 얼마나 훌륭했는가 하는 것이 아니라
남겨진 시간을 어떤 마음가짐으로 어떻게 이용할 것인가 입니다.

자신이 그토록 바라고 소망하는 미래는
자신의 과거에 의해서 결정되는 것이 아니라
지금 현재에 의해 좌지우지된다는 사실을.

기억하십시오.

우리 인생의 목표는 '지금까지' 가 아니라 '지금부터' 입니다.

_지식in

삶의 목적

삶의 목적에는 경험과 자유 두 가지가 있다.
가져 본 자만이 버릴 수 있다.
마찬가지로 자유라는 것이 무엇인가로부터
벗어나는 것이라면
우선 우리가 벗어나야 할 경험의 세계를 겪어야만 한다.

당신의 삶은 영혼의 탄생에서 시작하여
해탈에서 끝을 맺는다.

세상은 하나의 커다란 학교다.

삶의 여정에 있어서 순간순간 많은 것을 체험하면서 배워나간다.
나쁜 일에 대한 경험은 두 번 다시
그것을 반복하지 않도록 충고해 준다.

그리고 당신이 매일 매일의 삶 속에서
좋은 일들만 기억하고 있다면 당신의 마음은 깨끗해지고
세상에 대한 집착은 점차 줄어들 것이다.

모든 경험과 기억, 그리고 그 결과에 대해
완전히 무심한 상태에 이르렀을 때
당신의 영혼은 큰 자유를 얻게 된다.
아니 바로 그 자체가 큰 자유인 것이다.

_바바하리다스

세상만 탓한다

사람들은 자신의 마음을
고치려고는 하지 않고 세상만 탓한다.

만일 당신이 부정적이거나 불리하다고 느껴지는 상황에
닥치거든 그 속에서 반드시 긍정적인면을 찾도록 노력해 보라.
항상 뭔가 긍정적인 요소를 발견하게 될 것이다.

당신이 부정적이라고 느껴지는 환경에서
긍정적인 것을 찾는 일에 빠졌을 때
당신의 삶은 풍성한 열매를 맺을 것이며
당신의 창조력은 왕성하게 자랄 것이다.

당신은 환경에 의존하며 끌려 다니는 사람이 아니라
환경을 가꾸어 나날이 새로운 힘을
발견하는 기쁨으로 살아가게 될 것이다.

그 삶은 당신이 주인이 되는 삶이다.

_바바하리다스

두려움이란 무엇인가

두려움이란 무엇인가.
두려움은 분노의 친구이다.

당신이 비난하지 않고 분노를 받아들인다면
당신이 두려워하는 이유를 깨닫게 될 것이다.

분노란 자기를 방어하기 위한 무기에 지나지 않는다.
때때로 우리는 부끄러움을 숨기기 위해 분노를 자아내기도 한다.

만일 분노를 받아들인다면 왜 나중에 부끄러워하겠는가.
질투와 부끄러움은 분노의 한 부분인 것이다.

_바바하리다스

전철의 레일처럼

황홀한 행복을 오래 누리는 방법은
전철의 레일처럼 나무들처럼
적당한 거리를 두는 것입니다.

통하는 마음이라 하여
정신없이 다가서지는 마십시오.
거리 없이 섞이지는 마십시오.
우주와 우주 사이에는
존경과 설레임만 가득하여도 천국입니다.

풀잎에 맺힌 이슬은
돋는 해를 잠깐 바라보고 사라지지만
우리의 내일은 또 눈떠 맞는 행복입니다.
사람은 가장 명예로운 자연임에도
구속을 배우고 곧잘 강요합니다.

동서남북의 네방향은 거리가 적으나 많으나 항시 같듯
우리의 마음도 멀든 가깝든 내 마음만은
사철 푸른…… 오래도록 같은 빛이어야 합니다.

진실로 사랑하기 위해서는
어미닭이 품는 알처럼
마음의 부화를 먼저 깨쳐야 합니다.

사람의 손이 타는

연약한 동물은 다치거나 쉽게 생명을 잃듯
사람 역시 사람으로 인해 쉽게 다칠 수 있습니다.

거리의 필요성을 깨우치지 못하고
다만,
눈앞에 보이는 것들로는
아쉬움의 이별은 몸서리치게 줄달음하여 옵니다.

서로가 오래 바라보면서
기쁨 충만한 신뢰감에 스스로 가슴이 흠씬 젖어
작은 부분을 크게 지켜내는 행복을 만들고
언제고 그런 마음이 봄처럼 따뜻하게 머물 수 있다면
당신의 수줍음도 작게 열린 쪽문으로
달빛 스미듯 곱게 들어오는
나뭇잎 사각이는 한 걸음 있을 것이며
그럴 때 사람의 조물주인 신神은
되레 당신에게 있는 좋은 마음 하나
그렇게 닮고 싶어 할 것입니다.

"진정한 행복은 먼 훗날 달성해야 할 목표가 아니라,
지금 이 순간 존재하는 것입니다.
지금 이 순간 당신이 행복하기로 선택한다면
당신은 얼마든지 행복할 수 있습니다.
그런데 안타까운 것은
대부분의 사람들이 행복을 목표로 삼으면서
지금 이 순간 행복해야 한다는 사실을
잊는다는 겁니다."

_프랑수아 를로르

오늘 만큼은 …… 하자

링컨의 말처럼 사람은 스스로
행복해지려고 결심한 정도만큼 행복해진다.

오늘 만큼은 주변 상황에 맞추어 행동하자.
무엇이나 자신의 욕망대로만 하려 하지 말자.

오늘 만큼은 몸을 조심하자.
운동을 하고 충분한 영양을 섭취하자.
몸을 혹사 시키거나 절대 무리하지 말자.

오늘 만큼은 정신을 굳게 차리자.
무엇인가 유익한 일을 배우고,
나태해지지 않도록 하자. 그리고
노력과 사고와 집중력을 필요로 하는 책을 읽자.

오늘 만큼은 남에게 눈치채지 않도록 친절을 다하자.
남모르게 무언가 좋은 일을 해 보자.
정신 수양을 위해 두 가지 정도는
자기가 하고 싶지 않는 일을 하자.

오늘 만큼은 기분 좋게 살자.
남에게 상냥한 미소를 짓고
어울리는 복장으로 조용히 이야기하며
예절 바르게 행동하고 아낌없이 남을 칭찬하자.

오늘 만큼은 이 하루가 보람되도록 하자.
인생의 모든 문제는 한꺼번에 해결되지 않는다.
하루가 인생의 시작인 것 같은
기분으로 오늘을 보내자.

오늘 만큼은 계획을 세우자.
매 시간의 예정표를 만들자.
조급함과 망설임이라는
두 가지 해충을 없애도록 마음을 다지자.
할 수 있는 데까지 해 보자.

오늘 만큼은 30분 정도의
휴식을 갖고 마음을 정리해 보자.
때로는 신을 생각하고 인생을 관조해 보자.
자기 인생에 대한 올바른 인식을 얻도록 하자.

오늘 만큼은 그 무엇도 두려워하지 말자.
특히, 아름다움을 즐기며 사랑하도록 하자.
사랑하는 사람이 나를
사랑한다는 믿음을 의심하지 말자.

_F. 패트리지

인생

빈손으로 돌아갈 인생

갓 태어난 인간은 손을 꽉 부르쥐고 있지만
죽을 때는 펴고 있습니다.

태어나는 인간은 이 세상의 모든 것을
움켜잡으려 하기 때문이고, 죽을 때는 모든 것을 버리고
아무 것도 지니지 않은 채 떠난다는 의미라고 합니다.

빈손으로 태어나 빈손으로 돌아가는 우리 인생!
어차피 다 버리고 떠날 삶이라면
베푸는 삶이 되면 얼마나 좋겠습니까?

당신이 태어났을 때 당신 혼자만이 울고 있었고
당신 주위의 모든 사람들은 미소 짓고 있었습니다.

당신이 이 세상을 떠날 때는 당신 혼자만이 미소 짓고
당신 주위의 모든 사람들은 울도록 그런 인생을 사세요.

시간의 아침은 오늘을 밝히지만
마음의 아침은 내일을 밝힙니다.

열광하는 삶보다 한결같은 삶이 더 아름답고
돕는다는 것은 우산을 들어주는 것이 아니라
함께 비를 맞는 것이 아닐까요?

_지식in

넌 아니?

너는 네모라 하지,
나는 세모라 한다.

우리는 같은 것을 보는 거다.
네 눈에 그것은 네모이며, 내 눈에 이것은 세모인 거다.

본래 이것은 네모도 아니요, 세모도 아니다.
그냥 이것은 그런 거다.

너는 네모로 사는 거고,
나는 세모로 사는 거다.

네모의 아름다움, 넌 아니?
세모의 멋들어짐, 넌 아니?
때로 그것은 네모이지만,
나에게로 와서 이렇게 세모가 된다.

_투리야

혼자 길에서 뒹구는 저 작은 돌은

혼자 길에서
뒹구는 저 작은 돌은
얼마나 행복할까.
세상의 출세에는 아랑곳없고
급한 일 일어날까 하는 조바심도 전혀 없네.

천연의 갈색 옷은
지나던 그 어느 우주가 입혀주었나.
그 누구에게도 의지하지 않고
혼자 살고 혼자 타오르는 태양처럼
꾸미지 않고 소박하게 살며
하늘의 뜻을 온전히 따르네.

_에밀리 디킨슨

보는 나와 보이는 나

봄이 보는 나와 보이는 나로
분열되어 사는 것이 중생衆生이다.

봄 하나가 시간적으로 앞의 나와 뒤의 나,
공간적으로 안의 나와 밖의 나,
두 개의 나, 주객으로 나누어지는 바람에 내가 누구인지 모른다.

그리하여 앞의 나와 뒤의 나, 안의 나와 밖의 나와의 사이에
대립, 갈등, 투쟁이 벌어지고 판단, 평가, 심판이 거듭되어
마음고생이 그치지 않는다.

내가 나를 심판하고,
내가 나를 벌주고,
내가 나를 가두고,
내가 나를 괴롭힌다.
괴로움의 원인이 나이다.
남이 아니다.

그러므로
몸과 마음을 다스리려면
보는 나와 보이는 나와의 분열을 종식시키는 수밖에는 없다.
분열을 치유하는 수밖에는 없다.
보는 나와 보이는 나로
갈리기 이전의 봄 하나로
돌아가는 수밖에는 없다.

돌아봄의 생활로 일심이 되고
봄 하나가 되어야 바라봄이 되고,
늘 봄이 되어, 대무심이다.
본심, 본태양이다.

대무심이 대아다.
대무심이 믿음이다.
믿음이 생겨야
근심, 걱정, 불안, 공포에 떨지 않는다.
대무심이 되어야
내가 나를 괴롭히지 않는다.
대무심이 되어야
나를 사랑하고 남을 사랑한다.

이렇게 되어야
몸과 마음이 내가 아니고
나의 것이고,
나의 도구이고,
내가 몸과 마음의 주인임을
확실히 알게 된다.

몸과 마음은 유한하고 불완전하지만
나는 무한하고 완전하다.
내가 우주의 주인이다.
내가 초월자이다.
내가 절대자이다.

_원아 http://www.bomnara.com/

인간이란 존재는 여인숙과 같다

인간이라는 존재는 여인숙과 같다.
매일 아침 새로운 손님이 도착한다.
기쁨, 절망, 슬픔, 그리고 약간의 순간적인 깨달음 등이
예기치 않은 방문객처럼 찾아온다.

그 모두를 환영하고 맞아들이라.
설령 그들이 슬픔의 군중이어서
그대의 집을 난폭하게 쓸어가 버리고
가구들을 몽땅 내가더라도.
그렇다 해도 각각의 손님을 존중하라.
그들은 어떤 새로운 기쁨을 주기 위해
그대를 청소하는 것인지도 모르니까.

어두운 생각, 부끄러움, 후회, 그들을 문에서 웃으며 맞으라.
그리고 그들을 집 안으로 초대하라.
누가 들어오든 감사하게 여기라.
모든 손님은 저 멀리에서 보낸 안내자들이니까.

_잘랄루딘 루미

내 영혼이 나에게 충고했네

내 영혼이 나에게 충고했네.
형태와 색채 뒤에 숨겨진 아름다움을 보라고
또한 추해보이는 모든 것이
사랑스럽게 보일 때까지
잘 살펴보라고.

내 영혼이 이렇게 충고하기 전에는
아름다움을 연기기둥 사이에서
흔들리는 횃불과 같다고 생각했지만
이제 연기는 사라져 없어지고
불타고 있는 모습만을 볼 뿐이라네.

내 영혼이 나에게 충고했네.
혀끝도, 목청도 아닌 곳에서 울려나오는
목소리에 귀 기울이라고
그 날 이전에는 나의 귀가 둔하여
크고 우렁찬 소리밖에는 듣지 못했네.

그러나 이제 침묵에
귀 기울이는 법을 배웠으니
시간과 우주를 찬송하며
영원의 비밀을 드러내는 침묵의 합창을 듣는다네.

_칼릴지브란

또 다른 충고

고통에 찬 달팽이를 보게 되거든 충고하려 들지 말라.
그 스스로 고통에서 벗어나올 것이다.
너의 충고는 그를 화나게 하거나
상처 입게 만들 것이다.

하늘의 선반 위로
제자리에 있지 않은 별을 보게 되거든
그럴 만한 이유가 있을 것이라고 생각하라.
더 빨리 흐르라고 강물의 등을 떠밀지 말라.
풀과 돌, 새와 바람, 그리고 대지 위의 모든 것들처럼
강물은 나름대로 최선을 다하고 있는 것이다.

시계추에게 달의 얼굴을 가지고 있다고 말하지 말라.
너의 말이 그의 마음을 상하게 할 것이다.
그리고 너의 문제들을 가지고 너의 개를 귀찮게 하지 말라.
그는 그만의 문제들을 가지고 있으니까.

_장 루슬로

동행의 기쁨

모든 사람은 저마다의 가슴에 길 하나를 내고 있습니다.
그 길은 자기에게 주어진 길이 아니라 자기가 만드는 길입니다.
사시사철 꽃길을 걷는 사람이 있는가 하면
평생 동안 투덜투덜 돌짝길을 걷는 사람이 있습니다.
나는 꽃길을 걷는 사람이 될 것입니다.

내게도 시련이 있을 수 있다는 생각으로
늘 준비하며 사는 사람이 되겠습니다.
시련이 오면 고통과 맞서
정면으로 통과하는 사람이 되겠습니다.
시련이 오면 고통을 받아들이고
조용히 반성하며 기다리는 사람이 되겠습니다.
시련이 오면 약한 모습 그대로 보이고도
부드럽게 일어나는 사람이 되겠습니다.

시련이 오면 고통을 통하여
마음에 자비와 사랑을 쌓는 사람이 되겠습니다.
시련이 오면 다른 사람에게 잘못한 점을 찾아
반성하는 사람이 되겠습니다.
시련이 오면 고통 가운데서도
마음의 문을 여는 사람이 되겠습니다.
시련이 지나간 뒤
고통의 시간을 감사로 되새기는 사람이 되겠습니다.

산다는 것은 신나는 일입니다.

남을 위해 산다는 것은
더욱 신나는 일입니다.
남을 위해 사는 방법 가운데 내 삶을 나눔으로써
다른 사람에게 용기와 지혜를 주는 방법이 있습니다.
어느 한 가지 기쁨과 안타까움이 다른 이에게는
더할 수 없는 깨달음이 되어
삶을 풍요롭게 하기도 합니다.

동행의 기쁨, 끝없는 사랑,
이해와 성숙, 인내와 기다림은 행복입니다
사랑하고 용서하는 일이 얼마나 좋은 일인지
나는 분명히 느낄 것입니다.

_묵연스님

만일 고뇌가 없다면

만일 고뇌가 없다면
인간이 자기 자신의 경계를 알지 못할 것이다.
우리가 고뇌의 의의를
깊이 깨달아야 하는 이유가 여기에 있는 것이다.
우리가 처한 모든 상황은 고뇌를 동반한다.
인간이 고뇌할 줄 안다는 것은 차라리 행복한 것이다.

도덕적으로 자신의 표준이하로
떨어지려고 한다는 사실을 느끼는 것은 고뇌이다.
또한 도덕적으로 표준 이상으로
올라가려고 하는 욕심도 고뇌이다.
마찬가지로 한자리에 마냥
머물러 있으려는 태만도 고뇌이다.
양심의 가책이 곧 고뇌를 불러오는 것이다.
양심의 가책으로 인한 고뇌는
인간을 도덕적으로 전진하게 만드는 축복이다.

고뇌 속에서 정신적 성장에 대한 의의를 찾아라.
그러면 그대의 고뇌는 사라지고
환희와 광명이 새벽하늘처럼 밝아올 것이다.
인간적 성장의 표적은 다름 아닌 고뇌이다.
고뇌 없는 생활은 발전할 수 없다.
고뇌는 성장을 불러오기 때문이다.

_스트라호프

행복해진다는 것

인생에 주어진 의무는 다른 아무것도 없다네.
그저 행복하라는 한 가지 의무뿐.
우리는 행복하기 위해 세상에 왔지.
그런데도 그 온갖 도덕, 온갖 계명을 갖고서도
사람들은 그다지 행복하지 못하다네.
그것은 사람들 스스로 행복을 만들지 않는 까닭,
인간은 선을 행하는 한 누구나 행복에 이르지.

스스로 행복하고 마음속에서 조화를 찾는 한,
그러니까 사랑을 하는 한……,
사랑은 유일한 가르침
세상이 우리에게 물려준 단 하나의 교훈이지.
예수도, 부처도, 공자도 그렇게 가르쳤다네.

모든 인간에게 세상에서 한 가지 중요한 것은
그의 가장 깊은 곳, 그의 영혼,
그의 사랑하는 능력이라네.

보리죽을 떠먹든, 맛있는 빵을 먹든,
누더기를 걸치든, 보석을 휘감든,
사랑하는 능력이 살아 있는 한
세상은 순수한 영혼의 화음을 울렸고
언제나 좋은 세상 옳은 세상이었다네.

_헤르만 헤세

내 안에서

인생이라는 비단은
만남과 헤어짐이라는
삶의 씨줄과 날줄로 지어진다.
낙엽은 흙속에서 자신을 잃음으로서
비로소 숲의 삶에 참여한다.
인간은 바다의 고요와
대지의 시끄러움과 하늘의 노래를
모두 자기 안에 담고 있다.

조약돌을 완벽한 음률로
조율하는 것은 망치질이 아니라
춤추는 파도다.
밤은 낮의 잘못을 용서한다.
그리하여 스스로 평안을 얻는다.
중심은 영원한 윤회의 춤,
한복판에서도 고요히 침묵한다.

여정의 마무리를 앞두고
내 안에서 하나가
모두에 이르게 하소서.
껍데기는 우연과 변화의 급류에 휩쓸린
군중과 함께 하도록 버려두소서.

_타고르

내던지는 사람들

나는 이 세상 사람들을 본다.
자신들의 삶을 물질적인 욕구를 채우기 위해
내던지는 사람들을…….

그들은 결코 그들의 욕망을 채울 수 없으리라.
결국, 깊은 좌절감에 빠질 것이고
스스로 자신을 괴롭힐 것이다.

비록 그들이 원하는 것을 얻더라도
얼마간이나 그것을 즐길 수 있겠는가?
단 한 번의 즐거움을 위해
수십 번의 지옥의 고통을 겪게 되며,
그들 자신을 더욱 더 가혹한 곳에 묶어 두고 있다.

그와 같은 자는 원숭이와 같다.
물속에 있는 달을 잡으려 날 뛰다가
결국 그 소용돌이에 빠져버리는,
얼마나 끝없이 이 세상의 고통에 떠돌 것인가?
그러지 않아야 함에도,
밤 새 그들로 인하여 속이 탄다.
흐르는 눈물을 주체할 수가 없다.

_료칸(Ryokan)

나에게 쓰는 영혼의 편지

아, 잔을 채워라.
반복해야 무슨 소용이 있으랴.
시간은 우리의 발아래로 빠져 나가고 있다.
태어나지 않은 내일,
그리고 죽어버린 어제,
오늘이 달콤하다면 어제와 내일에 대해
초조해 할 이유가 무언가!

한 순간을 완전히 탕진해 버리고
한 순간,
삶의 우물 맛을 보고 별들은 지고 있고
대상은 무의 새벽을 향해 출발한다.

오! 서둘러라. 지금 잔을 채워라.
시간은 빠르게 지나가고 있다!

어제는 죽었다.
내일에 대해선 누가 알겠는가?
카라반은 무를 향하여 출발할 준비가 되어있다.

서둘러라!
이 순간을 그대의 진정한 자아가 되는
이 기회를 낭비하지마라.
고탐 붓다, 헤라클레스, 오마르 카얌,
이 모든 사람들이

매우 다른 형태의 사람들이라는 것은 매우 이상하다.

실체에 대한 그들의 접근은 다르다.
그들은 모두 변화를 강조한다.
그러나 만약 그대가 단순히
그들이 변화를 설교하고 있다고 생각한다면
그대들은 그들을 오해한 것이다.
이런 변화의 현상 뒤에는
시간 없이 단순히 존재하는 영원한 불꽃이 있다.
그것이 그대의 존재이다.

있는 그대로 받아들여라.
그것이 요구사항이다.
지금 나에게 있어서의 현실을 현실로 받아들여라.
최근에 나는 온갖 사소한 결정을 놓고
초조함을 느꼈었다.
나는 무슨 옷을 입어야 하나?
나는 무엇을 먹어서는 안 되는가?
문은 잠갔는가?
내가 걱정을 너무 많이 하는 것은 아닐까?
지금 당장은 그런 불안이 나의 현실이다.
진실과 싸우지 말고, 그것을 직시하라.
내가 원하는 것은 있는 그대로의 나를 받아들이는 것이다.

_오마르 카얌

인생의 길은 하나이다

인생의 길은 하나이다.
인류의 영원한 희망은,
우리들 모두가 조만간 이 길 위에서
하나로 합쳐지길 바라는 것이다.

우리 모두가 하나 되는 이 길은
우리 인생의 밑바탕에
너무나 뚜렷하게 깔려 있다.
인생의 길은 넓디넓다.

그러므로 대개는 그 뚜렷한 길을 미처
발견하지 못하고 죽음의 길을 걸어가고 마는 것이다.

생명을 가진 모든 것들과
그대가 결합되어 있음을
부정하는 모든 악을
그대 자신 속에서 제거하라.

_고골리

참된 인생을 사는 법

나는 주의사람들에게 얼마나 휩쓸리고 있는가?
나는 다른 사람들에게 무슨 일을 해 왔는가?
나는 다른 사람들을 어떻게 받아들이고 있는가?
나는 이기적인 사랑을 구하고 있지는 않는가?

고요한 장소에서 스스로에게
꾸밈없이 솔직한 질문을 던져보십시오.
어떤 경우에도 사랑으로 대하고
모든 일에서 진실을 발견할 것,
이것이 참된 인생을 사는 법입니다.

사랑이란 적대하지 않고 다투지 않으며
책망하거나 미워하지 않는 것입니다.
흔들림 없이 사랑을 믿으십시오.
사랑이 모든 문제에 종지부를 찍어 줄 것입니다.
죄의식과 후회뿐만 아니라
이 세상 모든 마음의 갈등과 원망을…….

더럽혀지지 않은 순수한 마음은
남을 공격할 줄도 미워할 줄도 모릅니다.
왜냐하면 모든 것을 사랑스럽게
받아들이는 큰 사랑이 있기 때문입니다.
밀려드는 곤란과 어려움에 마음을 빼앗기지 마십시오.
남들의 나쁜 점만 눈여겨보아서도 안 됩니다.
희망과 기쁨에만 눈길을 돌리십시오.

그것이 슬픔과 고통, 미움으로부터
진정 자유로워지는 길입니다.
머리를 쥐어뜯으며 후회하는 것은 슬픔을 불러들입니다.
슬픔은 희망 없는 내일을 만들지요.

자신에게나 남에게서 허물만 찾아서
불평하고 한탄함으로써
흐트러진 마음과 불면의 밤을 불러들입니다.

이런 사실만 이해해도 자기에게나 남에게 저절로
상냥한 웃음을 건넬 것입니다.

_제임스 앨런

돈으로 살 수 없는 것

미소는
돈이 들지 않지만
많은 것을 이루어냅니다.
받는 사람의 마음을 풍족하게 하지만
주는 사람의 마음을 가난하게 하지 않습니다.

미소는
번개처럼 짧은 순간에 일어나지만
그 기억은 영원히 지속되기도 합니다.
미소 없이 살아갈 수 있을 만큼
부자인 사람도 없고
미소의 혜택을 즐기지 못할 만큼 가난한 사람도 없습니다.

미소는
가정에서 행복을 꽃피우게 하고,
직장에서 호의를 베풀게 하며, 친구 사이에는 우정의 징표가 됩니다.
지친 사람에게는 안식이고, 낙담한 사람에게는 희망의 빛입니다.
세상 어려움을 풀어주는 자연의 묘약입니다.

하지만 미소는
돈으로 살 수도 없고
강요할 수도 없으며, 훔칠 수도 없습니다.
미소는 대가 없이 줄 때만 빛을 발하는 것이기에…….

_데일 카네기

없으면 없는 대로

없으면 없는 대로, 부족하면 부족한 대로,
불편하면 불편한 대로, 그냥 그런대로 살아갈 수도 있습니다.

없는 것을 만들려고 애쓰고, 부족한 것을 채우려고 애쓰고,
불편한 것을 못 참아 애쓰고 살지만,
때로는 없으면 없는 대로 부족하면 부족한 대로
또 불편하면 불편한 대로 사는 것이 참 좋을 때가 있습니다.

그냥 지금 이 자리에서
만족할 수 있다면
애써 '더' 많이 '더' 좋게를 찾지 않아도 충분하기 때문입니다.
조금 없이 살고, 부족하게 살고, 불편하게 사는 것이 미덕입니다.
자꾸만 꽉 채우고 살려고 하지 말고
반쯤 비운 채로 살아볼 수도 있어야겠습니다.

온전히 텅 비울 수 없다면
그저 어느 정도 비워진 여백을
아름답게 가꾸어 갈 수도 있어야 할 것입니다.
자꾸 채우려고 하니 비웠을 때 오는
행복을 못 느껴 봐서 그렇지,
없이 살고, 부족한 대로, 불편한 대로 살면
그 속에 더 큰 행복이 있음을 알 수 있을 것입니다.

_불광

빈 배

한 사람이 배를 타고 강을 건너다가
빈 배가 그의 배와 부딪치면
그가 아무리 성질이 나쁜 사람일지라도
그는 화를 내지 않을 것이다.

왜냐하면 그 배는 빈 배니까.

그러나 배 안에 사람이 있으면
그는 그 사람에게 피하라고 소리칠 것이다.
그래도 듣지 못하면 그는 다시 소리칠 것이고
마침내는 욕을 퍼붓기 시작할 것이다.

이 모든 일은 그 배 안에
누군가 있기 때문에 일어난다.
그러나 그 배가 비어 있다면
그는 소리치지 않을 것이고 화내지 않을 것이다.

세상의 강을 건너는
그대 자신의 배를 빈 배로 만들 수 있다면
아무도 그대와 맞서지 않을 것이다.
아무도 그대를 상처 입히려 하지 않을 것이다

_장자

다른 길은 없다

자기 인생의 의미를 볼 수 없다면
지금 여기, 이 순간,
삶의 현재 위치로 오기까지
많은 빗나간 길들을 걸어 왔음을 알아야 한다.
그리고 오랜 세월 동안
자신의 영혼이 절벽을 올라왔음도 알아야 한다.

그 상처, 그 방황, 그 두려움을,
그 삶의 불모지를 잊지 말아야 한다.
그 지치고 피곤한 발걸음이 없었다면
오늘날 이처럼 성장하지도 못했고
자기 자신에 대한 믿음도 갖지 못했으리라.

그러므로 기억하라.
그 외의 다른 길은 있을 수 없었다는 것을,
자기가 지나온 그 길이 자신에게는 유일한 길이었음을,
우리들 여행자는 끝없는 삶의 길을 걸어간다.

인생의 진리를 깨달을 때까지
수많은 모퉁이를 돌아가야 한다.
들리지 않는가.
지금도 그 진리는 분명하게 말하고 있다.
삶은 끝이 없으며 우리는 영원불멸한 존재들이라고.

_마르타 스목

악이나 고통을 선으로 바꿀 수 있다면

세상에 있는 악을 환영이라 생각하라.
모든 악은 깨달음의 길로 변형될 수 있다.

악이 당신에게 반대하는 것은 아니다.

다만 당신이 악으로부터 고통스러워한다면
그것은 당신이 악을 잘 활용하지 못했기 때문이다.

현명한 사람의 손에선 독이 약으로 변하지만
어리석은 사람의 손에선 약도 독으로 바뀌고 만다.

모든 것은 당신에게 달렸다.

모든 것은 당신이 사물에 다가서는 자세와 태도에 달린 것이다.
예수는 말했다. 원수를 사랑하라고.

악에 저항하지 말라.
이것은 내면의 부를 창조하는 연금술이다.

악에 대해 반대하거나 분노하지 말고 있는 그대로 받아 들여라.
당신이 악을 받아들인다면 그것은 순금으로 바뀌리라.
악이나 고통을 선으로 바꿀 수 있다는 것은
양극의 필요성을 본다는 말이다.

_바바하리다스

맑고 아름다운 인격

세상에는 많은 고통이 있습니다.
그것은 이 세상이
지금 우리의 사랑과 배려를
많이 필요로 한다는 것을 의미합니다.

우리가 이 세상에 줄 수 있는
가장 가치 있는 것은
활력으로 가득한 아름다운 인격입니다.
만약 그것이 사라진다면
다른 모든 것들도 반짝이는 빛을 잃겠지요.

맑고 아름다운 인격은
그 무엇보다 중요합니다.
그런 인격은
어떤 것에도 배척되는 일이 없어서
내부 가득 기쁨과 행복을 담고 있습니다.

불운을 탄식하는 것은
이제 그만두어야 하지 않겠습니까?
잘못된 처사를 불평하거나
시시비비를 가리는 것은 이제 그치십시오.
대신 자신의 내면에 있는 모든 잘못,
모든 악함을 제거하십시오.

_제임스 알렌

자존심

사람의 마음은 양파와 같습니다.
마음속에 가진 것이라고는 자존심밖에 없으면서
뭔가 대단한 것을 가진 것처럼 큰소리를 칩니다.
그리고 그 자존심을 지키기 위해
고집부리고, 불평하고, 화내고, 싸우고 다툽니다.
그러나 마음의 꺼풀을 다 벗겨내면
남는 것은 아무것도 없습니다.

사람이 자존심을 버릴 나이가 되면
공허함과 허무밖에 남지 않습니다.
그리고 그 하나하나를 벗겨내는 데는
많은 시간과 아픔이 따릅니다.

사람이 세상에 나올 때는 자존심 없이 태어납니다.
그러나 세상을 살면서 반평생은 자존심을 쌓고,
다시 그것을 허무는 데 남은 반평생을 보냅니다.

그리고 힘든 인생이었다는 말을 남기고 갑니다.
우리를 자신 안에 가두고 있는
자존심을 허물 수 있다면,
우리는 많은 시간과 기회를 얻게 됩니다.
자존심 때문에 만나지 못했던 사람들을 만날 수 있고,
하지 못했던 일들을 할 수 있게 됩니다.

또한 우리는 자신의 체면 손상 때문에

사람들을 두려워할 이유가 없습니다.
자신을 숨기기 위해서
고민하거나 긴장하지 않아도 됩니다.
더 많은 사람과 조화를 이룰 수 있으며,
마음이 상해서 잠을 못 이루는 밤도 없어집니다.

필요 없는 담은 세우지 않는 것이 가장 좋은 방법이고,
세워져 있는 담이 필요 없을 때는 빨리 허무는 것이
넓은 세상을 바라볼 수 있는 비결입니다.

자존심은 최후까지 우리를
초라하게 만드는 부정적인 인식입니다.
우리가 지금까지 세워오던 자존심을 버리면
우리에게 많은 사람들이 다가옵니다.

그 순간, 그들과 편안한 관계를 유지할 수 있습니다.

_김홍식

당신은 소중한 사람

누군가가 우리에게
고개를 한번 끄덕여주는 것만으로도
우리는 미소 지을 수 있고,
또 언젠가 실패했던 일에
다시 도전해볼 수도 있는 용기를 얻게 되듯이
소중한 누군가가
우리 마음 한구석에 자리 잡고 있을 때
우리는 그 어느 때보다
밝게 빛나며 활기를 띠고
자신의 일을 쉽게 성취해나갈 수 있습니다.
우리는 누구나 소중한 사람을 필요로 합니다.

또한 우리들 스스로도
우리가 같은 길을 가고 있는
소중한 사람이라는 걸
잊어서는 안 되겠지요.

우리가 누군가에게
소중한 사람이라는 걸 알고 있을 때
어떤 일에서든 두려움을 극복해낼 수 있듯이
어느 날 갑작스레 찾아든 외로움은
우리가 누군가의 사랑을 느낄 때
사라지게 됩니다.

_카렌 케이시

가슴으로 느껴라

태양을 바라보고 살아라.
그대의 그림자를 못 보리라.
고개를 숙이지 말라.
머리를 언제나 높이 두라.

세상을 똑바로 정면으로 바라보라.
나는 눈과 귀와 혀를 빼앗겼지만 내 영혼을 잃지 않았기에
그 모든 것을 가진 것이나 마찬가지이다.

고통의 뒷맛이 없으면 진정한 쾌락은 거의 없다.
불구자라 할지라도 노력하면 된다.
아름다움은 내부의 생명으로부터 나오는 빛이다.

그대가 정말 불행할 때
세상에서 그대가 해야 할 일이 있다는 것을 믿어라.
그대가 다른 사람의 고통을
덜어줄 수 있는 한 삶은 헛되지 않으리라.

세상에서 가장 아름답고 소중한 것은
보이거나 만져지지 않는다.
단지 가슴으로만 느낄 수 있다.

_헬렌 켈러

인간 존재

인간 존재로서,
우리는 항상 어딘가에 도달하려고 애씁니다.
많은 사람들이 세상의 인정을 받고 싶어 하며
성공을 위해 고군분투합니다.

이런 경향은 개인적 성장과 의식적 진행과정 중에 있는
사람들까지도 마찬가지며,
다들 현재의 상태에 불만족스러워합니다.

더 나은 어딘가에 도달하려고 애쓰는 것이지요.
그리고 우리가 거기에
도달하면 어떻게든 모든 것이 잘 되리라고 생각합니다.
그렇지만 의식은 어딘가에서 찾아질 수 있는 것이 아닙니다.

지금 이 순간
우리가 어디 있는지를
깨닫게 되면서부터 찾을 수 있는 것입니다.
다른 어딘가에 도달하려는 노력은
현재의 진행과정에 대해 감사하는 마음을 가질 수 없게 합니다.

그러나 진행과정 그 자체를
즐기기 시작하면 매혹적인
여행에 완전히 몰두할 수 있게 됩니다.

_샥티 거웨인

이 순간은 완벽한 것이다

정신의 청정함에서 만족이 생긴다.
만족이라 함은 자신이 어떠한 상황에 처해 있든 아무런 불평 없이
있는 그대로 받아들이는 것이다.

불평하지 않고 그냥 받아들일 뿐 아니라
주어진 것에 감사하고 기뻐하는 것이다.
이 순간은 완벽한 것이다.

마음이 이 순간에서 벗어나지 않을 때,
다른 시간을 구하지 않을 때
다른 장소를 구하지 않을 때,
다른 존재의 방식을 요구하지 않을 때,
구하는 마음을 놓을 때,
새들이 노래하는 것처럼,
꽃이 피어나는 것처럼,
별들이 춤추는 것처럼, 지금 여기에서 기뻐한다.

바로 지금 이 순간이 모든 것이요,
전체요, 완벽함이다.
여기에 더 보탤게 없다.
미래를 내려놓고 내일을 내려놓을 때 만족이 찾아온다.
'지금'이 유일한 시간이요,
영원이 될 때 만족이 찾아온다.

_오쇼 라즈니쉬

당신은 당신이 믿는 모습 그대로이다

당신은 당신이 믿는 모습 그대로이다.
현재의 모습 그대로인 것 말고 달리 할일은 없다.
당신에게는 스스로를 아름답다고 느끼고
그것을 즐길 권리가 있다.
당신의 몸을 존중하고 있는 그대로 받아들일 권리가 있다.
당신을 사랑해줄 그 누구도 필요치 않다.

사랑은 내부에서 생겨나는 것
사랑은 우리 내부에 살며 항상 그곳에 있지만
벽처럼 두꺼운 안개 때문에 우리는 그것을 느끼지 못한다.
오로지 당신의 내부에 사는 아름다움을 느낄 때
당신의 외부에 사는 아름다움을 인지할 수 있을 뿐이다.

당신은 무엇이 아름답고
무엇이 추한지에 대한 믿음을 가지고 있으며,
당신 자신이 마음에 들지 않으면,
당신의 믿음을 바꿀 수 있으며,
그러면 당신의 삶 역시 바뀔 것이다.
간단한 이야기로 들리지만 결코 쉽지는 않다.
믿음을 지배하는 사람은 누구든 꿈을 지배한다.
꿈을 꾸는 사람이 마침내 꿈을 지배하면,
꿈은 대단한 예술작품이 될 수 있다.

_돈미겔 루이스

오직 이 순간일 뿐

비교하는 마음만 놓아 버리면
이 자리에서 충분히 평화로울 수 있습니다.
모든 바람이나 욕망들도
비교하는 마음에서 나오고,
질투나 자기 비하 또한 비교에서 나옵니다.
비교하는 마음이 없으면 지금 이 자리에서
우린 더 이상 나아가려고 하지 않아도 됩니다.

마음에서 어떤 분별심이 일어나고
판단이 일어났다면 그것은
거의가 비교에서 나오는 겁니다.
또한 그 비교라는 것은 과거의 잔재입니다.
지금 이 순간 온전히 나 자신과
대변하고 서 있으면 거기에
그 어떤 비교나 판단이 붙지 않습니다.
이 순간에 무슨 비교가 있고, 판단이 있겠어요.

오직 이 순간일 뿐!
그저 지금 이대로 온전한 모습이 있을 뿐이지,
좋고 싫은 모습도 아니고,
행복하고 불행한 모습도 아니며,
성공하고 실패한 모습도 아닌 것입니다.
누구보다 더 잘 나고 싶고,
누구보다 더 아름답고 싶고,
누구보다 더 잘 살고 싶고,

누구보다 더 행복하고 싶은 마음들……
우리 마음은 끊임없이 상대를 세워 놓고
상대와 비교하며 살아갑니다.

비교 우위를 마치 성공인 양, 행복인 양,
비교 열등을 마치 실패인 양, 불행인 양,
그리고 살아가지만,
비교 속에서 행복해지려는 마음은
그런 상대적 행복은
참된 행복이라 할 수 없어요.
무언가 내 밖에 다른 대상이 있어야만
행복할 수 있기 때문입니다.
나 혼자서 행복할 수 있어야 합니다.
그저 나 자신만을 가지고
충분히 평화로울 수 있어야 합니다.
나 혼자서 행복할 수 있다는 것은
상대 행복이 아닌 절대 행복이라 할 수 있을 것입니다.

무엇이 없어도 누구보다 잘 나지 않아도
그런 내 밖의 비교 대상을 세우지 않고
내 마음의 평화에는 아무런 문제가 없어야 합니다.
나는 그냥 나 자신이면 됩니다.
누구를 닮을 필요도 없고
누구와 같이 되려고 애쓸 것도 없으며,
누구처럼 되지 못했다고 부러워할 것도 없습니다.
우린 누구나 지금 이 모습
이대로의 나 자신이 될 수 있어야 합니다.

_법정스님

누가 주인이 되어야 하나

나의 생각이 나를 다루니
세상에 걱정과 근심이 끊이지를 않네.
내가 나의 생각을 다루니
세상에 걱정할 것도 근심할 일도 없네.

나의 생각이 나를 다루니
세상에 미혹과 의심이 끊이지를 않네.
내가 나의 생각을 다루니
세상에 미혹할 것도 의심할 일도 없네.

나의 생각이 나를 다루니
세상에 답답함과 혼란이 끊이지를 않네.
내가 나의 생각을 다루니
세상에 답답할 것도 없고 혼란이랄 것도 없네.

나의 생각이 나를 다루니
세상에 불안함과 초조함이 끊이지를 않네.
내가 나의 생각을 다루니
세상에 불안함과 초조함이 사라지네.

나의 생각이 나를 다루니
세상에 불평과 불만이 끊이지를 않네.
내가 나의 생각을 다루니
세상에 불평할 것도 불만스러운 일도 없네.

나의 생각이 나를 다루니
세상에 욕구와 욕망이 끊이지를 않네.
내가 나의 생각을 다루니
세상에 욕구할 것도 욕망에 빠질 일도 없네.

나의 생각이 나를 다루니
세상에 시기와 질투가 끊이지를 않네.
내가 나의 생각을 다루니
세상에 시기할 것도 질투할 일도 없네.

나의 생각이 나를 다루니
세상에 거짓과 진실의 시비가 끊이지를 않네.
내가 나의 생각을 다루니
세상에 거짓과 진실의 시비가 사라지네.

나의 생각이 나를 다루니
세상의 구속과 속박의 굴레가 끊이지를 않네.
내가 나의 생각을 다루니
세상의 구속과 속박으로부터 자유로워지네.

누가 주인이 되어야 하는가.

_게이트

모두를 하나로 묶어주는 것

심상 치유에서는
건강이란 다름 아닌 '내면의 평화'라고 정의되며,
치유는 '두려움에서 벗어나는 것'을 뜻한다.
그것은 자신의 잘못된 인식들을 바로잡는 길이다.
아마도 인류에게 주어진 가장 값진 선물은
생각을 선택하고 결정할 수 있는 자유일 것이다.

사람은 누구나 사랑을 받을 만한 능력과 자격이 있으며,
조건 없이 서로 사랑하고,
모든 관계에서 사랑을 불러일으키도록 태어났다.
인간관계의 목적은 서로 함께 하는 데 있으며,
오직 사랑만이 참된 실재임을 잊지 않는 데 있다.

사랑의 신념 체계에서는
우리 관계의 목적이 바로
사랑 그 자체라는 것을 일깨워 준다.
사랑은 인간관계를 배움의 기회로 생각하고
개인의 성장을 위한 도전으로 생각한다.
인간관계를 두렵고 위험스럽게 생각하기보다
거기에서 사랑과 배움의 가능성을 찾을 때,
다른 사람에게서
우리 자신의 거룩함을 떠올리게 하는
하느님의 얼굴을 보게 되는 것이다.

사랑은 변하지 않는다.

의심하거나 판단하지도 않는다.
사랑은 늘 부드럽고 상냥하다.
언제나 모든 한계를 뛰어넘어 퍼지고 늘어나고 넓어진다.

자아의 신념체계를 버리고 사랑의 신념체계를 따를 때,
행복이란 날 때부터 우리에게 주어진 몫이며,
존재의 자연스러운 상태임을 다시 한 번 깨닫게 된다.
자신의 경험에 대해서 스스로 책임을 져야 한다는 사실을
우리는 날마다 배운다.

이제는 자신을 피해자로 볼 것이 아니라
사랑하는 데 최선을 다해야 하며,
더 이상 사람을 함부로 판단하거나
자신을 책망하지 말아야 한다.

마음으로 떠나는 여행을 함께 하게 된 분들을 환영하며,
누구나 지니고 있고,
우리 모두를 하나로 묶어주는
사랑의 무한한 힘을 깨달아서
어떤 질문에도 사랑이 그 답이라는 것을
더불어 알게 되기를 진심으로 바란다.

_제럴드 잼폴스키

나이는 먹는 것이 아니라 거듭하는 것

나이는 칠을 더할 때마다 빛을 더해가는 옻과 같습니다.

어떻게 하면 나이를 멋있게 먹을 수 있을까요?

이 세상에는 한 해 두 해 세월이 거듭할수록,
매력이 더해지는 사람과 세상이 거듭될수록,
매력을 잃어버리는 사람이 있습니다.

나이를 먹고 싶지 않다고, 발버둥치는 사람일수록,
세월이 지나갈 때마다, 매력의 빛이 희미해지기 마련입니다.

나이를 먹는 것은, 결코 마이너스가 아닙니다.

한 번 두 번 칠을 거듭할 때마다 빛과 윤기를 더해가는 옻 말이에요.

나이를 먹는다고 해서 기회가 적어지는 것도 아닙니다.

이 세상에는 나이를 거듭하지 않으면,
맛볼 수 없는 기쁨이 얼마든지 있지 않습니까?

나이를 거듭하는 기쁨!
그 기쁨을 깨달았을 때,
당신은 비로소 멋진 삶을 발견할 수 있을 것입니다.

_나카타니 아키히로

인간은 이상한 동물이다

인간은 이상한 동물이다.
그는 모든 것을 탐험한다.
에베레스트에도 가고, 남극에도 가고, 달에도 간다.
그러나 절대로 그 자신의 내면으로 들어갈 생각은 하지 않는다.
그것은 인간이 앓고 있는 가장 심각한 질병이다.
인간이 탐험하지 않고 내버려두는
유일한 곳은 그 자신의 내면세계이다.
그러나 진정한 보물은 그곳에 있다.
자기 존재의 성지 속으로 들어가지 않는다면
삶은 단지 낭비일 뿐이다.
막대한 낭비이다.
우리는 황금과 같은 기회를 잃어버리고 있다.

그러나 우리는
황금의 기회를 잃어버리고 있다는 사실조차 깨닫지 못하고 있다.
우리는 너무나 무의식적이어서
귀중한 것을 모두 내던져버리고 계속 쓰레기만 모은다.
계속해서 오래된 그림들을 모으는 사람들이 있다.
그림이 오래되면 될수록 더 훌륭한 것으로 생각한다.
화폐 수집가도 있고…….
그러한 온갖 종류의 어리석음이 계속되고 있다.

그들은 참으로
가장 오래된 보물을 찾아다니고 있지만,
모두 잘못된 방향에서 찾고 있다.

찾을 만한 가치가 있는 유일한 보물은 그대 자신의 본성이다.
진정한 모험은 그대 내부로 들어가는 것이다.
일단 그것이 그대의 사명이 되면
무슨 일이 있더라도
나는 나 자신을,
나의 본성을,
나의 존재를 발견해야 한다.

나는 이번 삶의 기회를
놓치지 않겠다는 결심을 확고히 하고
그대의 에너지를 거기에 쏟아 붓는다면
결코 실패하지 않을 것이다.
아무도 실패한 적이 없다.

자신의 에너지를 내면의 탐구에 쏟는 사람은
누구든지 항상 그 자신을 발견해 왔다.

_오쇼 라즈니쉬

무념(無念)

우리가 산다는 것은 전부 생각의 흐름입니다.
생각,
그것을 가지고 살아갑니다.
한 생각도 없을 때는 없습니다.

보통 중생의 세계에서는
무슨 생각이든지 생각을 가지고 있거든요.

내가 아무 생각도 안한다 해도
안한다는 생각을 가지고 있는 것이므로
다 쉬어버리지 못한 것이고,
텅 비웠다 해도
비웠다는 생각 역시 하나의 생각이거든요.

결국은 우리의 생각을 털어버리지 못하고
생각 속에서 자꾸 흐르고 있다 이거지요.

이렇게 정처 없이 자꾸 흘러가는
그 마음이 우리가 볼 수 있는
모든 인간들의 양상을 낳는 것입니다.
거기에서 우리는 웃고 울고 합니다.

생각이 일어나고 끊어지는
그것을
나고 죽는 것(生死)이라고 합니다.

정(定)에 들어서 무념(無念)이 되는데
생각이 끊어진 자리는
생각으로 도저히 들어가지지를 않습니다.

생각이 끊어지면 아무 생각이 없는 허공처럼
무정물(無情物)이 되는 것이 아니라
희로애락 흘러가는
그런 머트러운 생각이 없다는 말입니다.

머트러운 생각이 없을 때,
일어나는 생각을 쉴 때,
우리가 상념(想念)으로 느끼는
그 이상의 위대한 빛이 흘러서
아주 밝고 밝아 꺼지지 않는
자기의 본바탕을 볼 수 있습니다.

_서암스님

인연은 받아들이고 집착은 놓아라

미워한다고 소중한 생명에 대하여
폭력을 쓰거나 괴롭히지 말며,
좋아한다고 너무 집착하여 곁에 두고자 애쓰지 말라.

사랑하는 사람에게는 사랑과 그리움이 생기고
미워하는 사람에게는 증오와 원망이 생기나니

사랑과 미움을 다 놓아버리고
무소의 뿔처럼 혼자서 가라.
너무 좋아할 것도 너무 싫어할 것도 없다.
너무 좋아해도 괴롭고, 너무 미워해도 괴롭다.

사실 우리가 알고 있고,
겪고 있는 모든 괴로움은 좋아하고
싫어하는 이 두 가지 분별에서 온다고 해도 과언이 아니다.

늙는 괴로움도 젊음을 좋아하는 데서 오고,
병의 괴로움도 건강을 좋아하는 데서 오며,
죽음 또한 삶을 좋아함,
즉 살고자 하는 집착에서 오고,

사랑의 아픔도 사람을 좋아하는 데서 오고,
가난의 괴로움도 부유함을 좋아하는 데서 오고,
이렇듯 모든 괴로움은 좋고 싫은 두 가지 분별로 인해 온다.

좋고 싫은 것만 없다면 괴로울 것도 없고
마음은 고요한 평화에 이른다.
그렇다고 사랑하지도 말고,
미워하지도 말고 그냥 돌처럼
무감각하게 살라는 말이 아니다.

사랑을 하되 집착이 없어야 하고,
미워하더라도
거기에 오래 머물러서는 안 된다는 말이다.
사랑이든 미움이든 마음이 그 곳에
딱 머물러 집착하게 되면
그때부터 분별의 괴로움은 시작된다.

사랑이 오면 사랑을 하고,
미움이 오면
미워하되 머무는 바 없이 해야 한다.
인연 따라 마음을 일으키고,
인연 따라 받아들여야 하겠지만,
집착만은 놓아야 한다.

이것이 인연은 받아들이고
집착은 놓는 수행자의 걸림 없는 삶이다.
사랑도 미움도 놓아버리고
무소의 뿔처럼
혼자서 가는 수행자의 길이다.

_숫타니파타

인연설

정말 사랑하고 있는 사람 앞에서
사랑하고 있단 말은 아니합니다.
아니하는 것이 아니라 못하는 것이 진리입니다.

잊어버려야 하겠다는 말은 잊을 수 없다는 말입니다.
정말 잊고 싶을 땐 잊겠다는 말이 없습니다.
헤어질 때 돌아보지 않는 것은
너무도 헤어지기 싫기 때문입니다.
그것은 헤어진다는 것이 아니라
언제나 같이 있다는 것입니다.

사랑하는 사람 앞에서 눈물 보이는 것은
그 만큼 그 사람을 잊지 못하는 증거요,
사랑하는 사람 앞에서 웃는 것은
그 만큼 그 사람과 행복했다는 것이요,
그러니 알 수 없는 표정은 이별의 시발점입니다.

떠날 때 울면 잊지 못하는 증거요,
가다가 달려오면 사랑하니 잡아달라는 뜻이요,
떠나가다 전봇대에 기대어 울면
오직 당신만을 사랑한다는 뜻입니다.

함께 영원히 할 수 없음을 슬퍼말고,
잠시라도 함께 있을 수 있음을 기뻐하고,
더 좋아해 주지 않음을 노여워말고,

애처롭기까지만한 사랑을 할 수 있음을 감사하고,

주기만 하는 사랑이라 지치지 말고,
더 많이 줄 수 없음을 아파하고,
남과 함께 즐거워한다고 질투하지 않고,
그 사람의 기쁨으로 여겨 함께 기뻐할 줄 알고,
이룰 수 없는 사랑이라 일찍 포기하지 않고,
깨끗한 사랑으로 오래 간직할 수 있는
나 당신을 그렇게 사랑합니다.

_만해 한용운

왜 사느냐고

"왜 사느냐?"고
"어떻게 살아가느냐?"고
굳이 묻지 마시게.

사람 사는 일에 무슨 법칙이 있고
삶에 무슨 공식이라도 있다던가?
그냥, 세상이 좋으니 순응하며 사는 것이지.
보이시는가.
저기, 푸른 하늘에 두둥실 떠있는 한 조각 흰 구름,
그저, 바람 부는 대로 흘러가지만
그 얼마나 여유롭고 아름다운가.
진정, 여유 있는 삶이란
나, 가진 만큼 만족하고
남의 것 탐내지도 보지도 아니하고
누구하나 마음 아프게 아니하고
누구 눈에 슬픈 눈물 흐르게 하지 아니하며
오직, 사랑하는 마음하나 가슴에 담고 물 흐르듯,
구름 가듯, 그냥 그렇게,
살아가면 되는 것이라네.

"남들은 저리 사는데." 하고
부러워하지 마시게.
깊이 알고 보면, 그 사람은 그 사람 나름대로
삶의 고통이 있고 근심 걱정 있는 법이라네.
옥에도 티가 있듯,

이 세상엔 완벽이란 존재하지 않으니까.

한 가지, 살아가며 검은 돈은 탐하지 마시게.
먹어서는 아니 되는 그놈의 '돈' 받아먹고
쇠고랑 차는 꼴, 한두 사람 보았는가?

받을 때는 좋지만 알고 보니 가시방석이요,
뜨거운 불구덩이 속이요,
그 곳을 박차고 벗어나지 못하는 선량들.
오히려, 측은하고 가련하지 않던가.

그저, 비우고 고요히 살으시게,
캄캄한 밤하늘의 별을 헤며
반딧불 벗 삼아 마시는 막걸리 한 잔.
소쩍새 울음소리 자장가 삼아 잠이 들어도,
마음 편하면 그만이지
휘황찬란한 불 빛 아래
값 비싼 술과 멋진 풍류에 취해 흥청거리며
기회만 있으면, 더 가지려 눈 부릅뜨고,
그렇게 아웅다웅 하고 살면 무얼하겠나.

가진 것 없는 사람이나
가진 것 많은 사람이나 옷 입고,
잠자고, 깨고, 술 마시고,
하루 세끼 먹는 것도 마찬가지고,
늙고 병들어 북망산 갈 때,
빈손 쥐고 가는 것도 똑 같지 않던가.

우리가 100년을 살겠나,

1000년을 살겠나?
한 푼이라도 더 가지려,
발버둥쳐 가져 본들,
한 치라도 더 높이 오르려,
안간 힘을 써서 올라 본들,
인생은 일장춘몽…….

들어 마신 숨마저도,
다 내 뱉지도 못하고
눈 감고 가는 길,

마지막 입고 갈 수의에는 주머니도 없는데.
그렇게, 모두 버리고 갈 수 밖에 없는데.
이름은 남지 않더라도,
가는 길 뒤편에서
손가락질 하는 사람이나 없도록
허망한 욕심 모두 버리고,
베풀고,
비우고,
양보하고,
덕을 쌓으며…….

그저,
고요하게 살다가 조용히 떠나게나.

_하현스님

깨달아라, 자유롭게 살아라

당신의 존재가 삶과 죽음을 겪어야 하는
육체 그 너머에 있음을 깨달으라.
그러면 모든 문제가 풀릴 것이다.

문제는 당신 스스로 죽어야할 존재로
태어났다고 믿는 데 있다.

깨달아라!
자유롭게 살아라!

당신은 개체적 자아가 아니다.
자유는 걱정으로부터의 자유이다.
변함없는 것을 깨달았다면
욕망과 두려움을 쫓아가지 마라.

욕망과 두려움이 왔다가
스스로 떠나가도록 내버려두어라.
이와 같은 감정에 대해 반응하지 말고
차분한 마음으로 바라보면
감정은 힘을 잃고
당신은
자유롭고 편안한 상태에 이르게 된다.

_바바하리다스

그것이 인간이다

사람들은 작은 상처를 오래 간직하고
큰 은혜는 얼른 망각해 버린다.
상처는 꼭 받아야 할 빚이라고 생각하고,
은혜는 꼭 돌려주지 않아도 될 빚이라고
생각하기 때문이다.
대부분의 사람들은 인생의 장부책 계산을 그렇게 한다.

나의 불행에 위로가 되는 것은 타인의 불행뿐이다.
그것이 인간이다.
억울하다는 생각만 줄일 수 있다면
불행의 극복은 의외로 쉽다.
상처는 상처로 밖에 위로할 수 없다.
세상의 숨겨진 비밀들을 배울 기회가 전혀 없이
살아간다는 것은 이렇게 말해도 좋다면
몹시 불행한 일이다.
그것은 마치 평생 동안 똑같은 식단으로
밥을 먹어야 하는
식이요법 환자의 불행과 같은 것일 수 있다.

인생은 짧다.
그러나 삶 속의 온갖 괴로움이 인생을 길게 만든다.
소소한 불행에 대항하여 싸우는 일보다는
거대한 불행 앞에서 차라리 무릎을 꿇어 버리는 것이
훨씬 견디기 쉬운 법이다.
인생은 탐구하면서 살아가는 것이 아니라

살아가면서 탐구하는 것이다.
실수는 되풀이된다.
그것이 인생이다.

제아무리 강한 사람도 살면서 눈물을 흘리는 때가 있다.
우리는 친구의 어깨를 붙잡고 울기도 하고,
남몰래 이불 속에서 웅크리고 누워
고독의 눈물을 주체하지 못하기도 한다.

때론 우리의 진실을 곡해하는 사람들 앞에서도
참담한 눈물이 고일 때가 있다.

혹시 그대가 사람들 앞에서 눈물을 보여야 할 때가 있다면,
가능한 한 사려 깊어야 한다.
진실이 진실로 통하지 않은 순간에서
눈물만큼 훌륭한 언어는 없기 때문이다.

누구에겐가 편지를 쓸 수 있다는 것은 참 좋은 일이야.
누구에게 자신의 생각을 전하고자
책상 앞에 앉아서 펜을 들고,
이렇게 글을 쓸 수 있다는 것은 정말 멋진 일이야.
물론 글로 써놓고 보면,
자신이 말하고 싶었던 것의 아주 일부분밖엔
표현하지 못한 것 같지만 그래도 괜찮다 싶어.
누구에게 뭔가를 적어보고 싶다는 기분이 든 것만으로도,
지금의 나로서는 행복해.
그래서 나는 지금 네게 이렇게 편지를 쓰고 있는 거야.

_무라카미 하루키

지혜

자신을 보는 자와 자신을 못 보는 자

지혜로운 자는 자신을 보는 자입니다.
지혜롭지 못한 자는 자신 외에 다른 것을 보는 자입니다.
지혜는 자신의 무지를 보는 데서 생기고
무지는 자신의 유식을 보는 데서 생깁니다.

내가 무언가를 하려고 할 때 내 자신을 먼저 돌이켜 보세요,
그것을 왜 하려 하는지.

내가 무언가를 하려고 할 때 내 자신을 먼저 이해시켜 보세요,
그것이 왜 필요한지.

내가 무언가를 하려고 할 때 내 자신을 먼저 납득시켜 보세요,
그것이 되어야만 하는 이유를.

내가 무언가를 하려고 할 때
내 자신을 먼저 설득시켜 보세요,
그것이 된다는 확신이 차도록.

내가 무언가를 하려고 할 때
내 자신을 먼저 인정해 주세요,
그것이 이루어질 수 있도록.

_게이트

마음을 보라

잠시라도 조용히 앉아
스스로를 찾아보아라.

조용하면 조용한 마음을 보고,
미움이 일어나면 미움을 보라,
질투가 일어나면 질투를 보라,
분노가 일어나면 분노를 보라,
웃음이 일어나면 웃음을 보라,
생각이 일어나면 생각을 보라,
보고 보아라.

마음의 갖가지 모습이
하염없음을 보라.

한 발자국 물러서서
스스로를 보아라.

_성우스님

마음속에서 일어나는 것

상상하지 않고 보는 법과
왜곡하지 않고 듣는 법을 배워라.

그것이면 충분하다.

본질적으로 이름도 없고 형태도 없는 것에
이름과 형태를 붙이려하지 말라.

모든 의식은 주관적이라는 것,
보거나 듣거나 만지거나 냄새 맡는 것,
느끼거나 생각하는 것,
기대하고 상상하는 것,
모두가
단지 마음속에서 일어나는 것이며
실재 속에 있는 것이 아니라는 것을
깨달아라.

그러면 당신은 평화를 얻을 것이며
두려움으로부터 해방될 것이다.

_바바하리다스

누구를 만나든

언제나 내가 누구를 만나든
나를 가장 낮은 존재로 여기며
마음속 깊은 곳으로부터
그들을 더 나은 자로 받들게 하소서.

그늘진 마음과 고통에 억눌린
버림받고 외로운 자들을 볼 때,
나는 마치 금은보화를 발견한 듯이
그들을 소중히 여기게 하소서.

누군가 시기하는 마음 때문에,
나를 욕하고 비난하며 부당하게 대할 때
나는 스스로 패배를 떠맡으며
승리는 그들의 것이 되게 하소서.

_티벳 명상시

빈 마음

빈 방이 정갈합니다.
빈 하늘이 무한이 넓습니다.
빈 잔이라야 물을 담고
빈 가슴이래야 욕심이 아니게
당신을 안을 수 있습니다.

비어야 깨끗하고,
비어야 투명하며,
비어야 맑디맑습니다.
그리고 또 비어야만 아름답습니다.
살아가면서 느끼게 되는 것은 빈 마음이 좋다는 것입니다.
마음이 비워지지 않아서 산다는 일이 한없이 고달픈 것입니다.

터어엉 빈 그 마음이라야
인생의 수고로운 짐을 벗는다는 것입니다.
그 마음이라야만 당신과 나 이해와 갈등의 어둠을 뚫고
우리가 된다는 것입니다.

빈 마음, 그것은 삶의 완성입니다.

_묵연스님

한 권의 책

깊은 숲 속에 성인이 살고 있었다.
어느 날 다른 성인 한 사람이 와서
그에게 경전 한 권을 주었다.
성인은 날마다 그 책을 읽기로 마음먹었다.

어느 날 그는 쥐들이 몰래
경전을 쪼아 먹었다는 것을 알게 되었다.
그는 쥐를 쫓으려고 고양이를 키우기로 했다.

고양이를 키우니깐 우유가 필요했다.
그래서 다시 젖소를 키우게 되었다.
이제 그는 짐승들을 혼자 돌보기엔
벅찬 상태가 되어 젖소를 돌볼 여자를 구했다.
숲 속에서 두 해를 보내는 사이 큰 집과 아내,
두 아기, 고양이와 젖소가 살림살이로 늘어나게 되었다.

이제 성인에게는 고민이 생기기 시작했다.
그는 혼자 살 때가 얼마나 행복했는지 생각해 보았다.
이제는 신을 생각하는 대신
아내와 아이들, 젖소와 고양이를 생각해야 했다.
그는 어쩌다 이런 일이 벌어졌는지 곰곰이 생각해 보았다.

한 권의 책이 이토록 커다란 세계를 만들었던 것이다.

_바바하리다스

먼저 가르쳐야 할 것

나는 내 아이에게
나무를 껴안고 동물과 대화하는 법을 먼저 가르치리라.

숫자 계산이나 맞춤법보다는
첫 목련의 기쁨과 나비의 이름들을 먼저 가르치리라.

나는 내 아이에게 성경이나 불경보다는
자연의 책에서 더 많이 배우게 하리라.
한 마리 자벌레의 설교에 더 귀 기울이게 하리라.

지식에 기대기 전에
맨발로 흙을 딛고 서는 법을 알게 하리라.
아, 나는 인위적인 세상에서 배운 것도
내 아이에게 가르치지 않으리라.

그리고 언제까지나 그를 내 아이가 아닌
더 큰 자연의 아이라고 생각하리라.

_조안 던컨 올리버

마음을 변화시키는 시

소원을 들어주는 보석(如意珠)보다
귀한 생명 가진 모든 존재들의 행복을 위해
완전한 깨달음을 이루려는 결심으로
내가 항상 그들을 사랑하게 하소서.

언제나 내가 누구를 만나든
나를 가장 낮은 존재로 여기며
마음속 깊은 곳으로부터
그들을 더 나은 자로 받들게 하소서.

나의 모든 행복을 스스로 살피게 하고
마음속 번뇌가 일어나는 그 순간에
그것이 나와 다른 사람들을 위험에 빠뜨린다면
나는 당당히 맞서 그것을 물리치게 하소서.

그늘진 마음과 고통에 억눌린
버림받고 외로운 자들을 볼 때,
나는 마치 금은보화를 발견한 듯이
그들을 소중히 여기게 하소서.

누군가 시기하는 마음 때문에,
나를 욕하고 비난하며 부당하게 대할 때
나는 스스로 패배를 떠맡으며
승리는 그들의 것이 되게 하소서.

내가 도움을 주었거나
큰 희망을 심어 주었던 자가
나에게 상처를 주어 마음을 아프게 하여도
여전히 그를 나의 귀한 친구로 여기게 하소서.

직접, 간접으로 나의 모든 어머니들에게
은혜와 기쁨 베풀게 하시고
내가 또한 그들의 상처와 아픔을
은밀히 짊어지게 하소서.

여덟 가지 세속적인 관심에 물들지 않아
모든 것이 때 묻지 않게 하시고,
또한 이 모든 것이 헛된 것임을 깨달은 나는
집착을 떨쳐 버리고
모든 얽매임에서 자유롭게 하소서.

_게셰 랑리 탕빠

무조건 가만히

참견하지 마, 간섭하지 마, 옳음은 옳아서 틀려.

기대하지 마,
바라지 마,
옳음은 너의 옳음일 뿐.

이 세상에 옳은 건 없다.
다만 가만히 만이 옳다.
아무리 옳은 생각일지라도 옳지 않다.
생각 없음만이 옳은 것이다.

맘에 안 들어도 가만히 있어.

내 일도
네 일도 바람.

나도 너도 바람
바람끼리 사는 거지.

바람은 아무런 마음이 없기에 바람이다.
바람은 아무런 생각이 없기에 바람이다.

생각은 바보다, 생각은 날조다.

_어울

온 세상이 너의 것

네게 들려줄 한 가지 이야기가 있으니
마음의 평화를 원한다면
다른 사람의 잘못을 찾지 말라.

너 자신의 모자람을 보는 법을 배워라.
온 세상을 너의 것으로 여기는 법을 배워라.

그 누구나 낯선 사람들이 아니다

그러니 아이야.
온 세상을 네 자신으로 여기거라.

_스리 사라다 데비

산 같은 정^定에 들어

오래 묵은 버릇이 있어
항상 우리를 떠들게 하고 설치게 한다.
입은 떠들지 못하면 불안하고
몸은 설치지 못하면 답답하다.
몸과 마음이 늘 동요하며 안정을 잃은 지 오래다.

얼마나 오랜 세월 고요함을 등지고
분주함과 시끄러움에 젖었던가?
이제 定에 들어가야겠다.
저 태산이 무엇에도 끄떡하지 않고
다만 그 소리에 적당한 메아리만을 들려주듯
山같은 定에 들어
마음을 찾아야겠다.

오래고 기나 긴 세월
우리는 이 세상을 너무 많이 헤매였지 않은가?

_묵연스님

천하의 하고 많은 사람 중에

님에게는 아까운 것 없이 무엇이나 바치고 싶은 이 마음,
거기서 나는 보시를 배웠노라.

님께 보이고자 애써 깨끗이 단장하는 이 마음,
거기서 나는 지계를 배웠노라.

님이 주시는 것이면 때림이나 꾸지람이나
기쁘게 받는 이 마음, 거기서 나는 인욕을 배웠노라.

천하의 하고 많은 사람 중에
오직 님만을 사모하는 이 마음,
거기서 나는 선정을 배웠노라.

자나 깨나 쉴 새 없이 님을 그리워하고
님의 곁으로만 도는 이 마음, 거기서 나는 정진을 배웠노라.

내가 님의 품에 안길 때에
기쁨도 슬픔도 님과 나와의 존재도 잊을 때에
거기서 나는 지혜를 배웠노라.

이제 알았노라.
님은 이 몸께 바라밀을 가르치려고
짐짓 애인의 몸을 나투신 "부처"시라고.

_춘원 이광수

선(禪)

추울 때는 눈 오고,
따뜻하면 꽃 피고,
더울 때는 비 오고,
서늘하면 낙엽진다.

선(禪)은
모든 것을
있는 그대로 보고,
있는 그대로 듣고,
있는 그대로 그 맛을 보고,
이를 깨달아 아는 것.

선(禪)은
모든 것의 실상을 바로 알고자
자신의 마음 밭을 있는 그대로 보고
깨달아 아는 것.

자신의 마음 밭을 알고자 하는가?

사람은 누구든지
목마르면 물마시고,
부르면 대답하고,
소리나면 듣고,
매 맞으면 아프다 하는데,
무엇이 이와 같이 하는가.

몸이라 해도 어긋나고,
감정이라 해도 어긋나고,
느낌이라 해도 어긋나고,
마음이라 해도 멀어지니,
있는 그대로만 보라.
그러면 바로 알게 되리
그래도 모르면
이것이 무엇인지 사무쳐 참구할 일이네.

_혜봉스님

흐름에 몸을 맡겨

흐름에 몸을 맡겨라.
그러면 이 흐름은 당신을
당신이 원하는 곳으로 데리고 갈 것이다.

삶은 참으로 경이로운 것이다.
삶은 하나의 신비이다.
만일
"나는 이러저러한 삶을 살아야 한다."는
생각을 갖지 않는다면,
그저 삶이 이끄는 대로 흘러간다면,
이때에는 어디를 가든 그대가 원하는 곳이다.

그대가 삶에 대해
어떤 관념을 갖고 있기 때문이 아니라
거기에 그저 삶이 존재하기 때문에 이렇게 되는 것이다.

이때 그대와 삶은 동의어가 된다.
삶이 흘러가는 곳은 항상 '지금 여기' 이다.

"흐름에 몸을 맡겨요,
그러면 이 흐름은 당신을
당신이 원하는 곳으로 데리고 갈 것입니다."

_타오하르

사람아 무엇을 비웠느냐

사람마다 생각하는 대로 다 버릴 수 있고,
사람마다 생각하는 대로 다 얻을 수 있다면,
그것이 무슨 인생이라 말할 수 있겠느냐.

버릴 수 없는 것은
그 어느 것 하나 버리지 못하고,
얻을 수 있는 것은
무엇 하나 얻지 못하니,
이것이 너와 내가 숨 헐떡이며
욕심 많은 우리네 인생들이
세상 살아가는
삶의 모습들이라 하지 않더냐.

사람들마다 말로는 수도 없이
마음을 비우고
욕심을 버린다고들 하지만,
정작 자신이 마음속에 무엇을 비우고
무엇을 버려야만 하는지 알지 못하고
오히려 더 채우려 한단 말이더냐.

사람들마다 마음으로는
무엇이든 다 채우려고 하지만,
정작 무엇으로 채워야 하는지 알지 못한 채
몸 밖에 보이는 것은 오직 자기 자신에게 유리한
허울 좋고 게걸스런 탐욕뿐일진데.

사람아
그대가 버린 것이 무엇이며
얻는 것 또한 그 무엇이었단 말이더냐.
얻는 것이 비우는 것이요,
비우는 것이 얻는다 하였거늘
무엇을 얻기 위해 비운단 말이더냐.

사람이 사람으로서 가질 수 있는 것은
끈적거린 애착과 채워도 채워지지 않는 마음과
불만족스러운 무거운 삶뿐인 것을
비울 것이 무엇이며
담을 것 또한 무엇이라 하더냐.

어차피 이것도 저것도 다 무거운 짐인걸.

_법정스님

늘 곁에 있는 것의 소중함

내일이면 장님이 될 것처럼
당신의 눈을 사용하십시오.
그와 똑같은 방법으로
다른 감각들을 적용해보시기를.

내일이면 귀머거리가 될 것처럼
말소리와 새소리
오케스트라의 힘찬 선율을 들어보십시오.

내일이면 다시는 사랑하는
사람들의 얼굴을
못 만져보게 될 것처럼 만져보십시오.

내일이면 다시는
냄새와 맛을 못 느낄 것처럼
꽃향기를 마시며 손길마다 맛을 음미하십시오.

_헬렌켈러

뒤에야······ 알았네

고요히 앉아 본 뒤에야
평상시의 마음이 경박했음을 알았네.

침묵을 지킨 뒤에야
지난날의 언어가 소란스러웠음을 알았네.

일을 돌아본 뒤에야
시간을 무의미하게 보냈음을 알았네.

문을 닫아건 뒤에야
앞서의 사귐이 지나쳤음을 알았네.

욕심을 줄인 뒤에야
이전의 잘못이 많았음을 알았네.

마음을 쏟은 뒤에야
평소에 마음 씀이 각박했음을 알았네.

_진계유

바깥의 유혹보다는

나는 바깥의 유혹보다는
내 안의 유혹이 더 무섭다고
생각하는 사람 중의 하나이다.
10대 때는 이것이 눈에 몰려 있는 듯했다.
보는 것, 그것에 대한 탐이
어느 때보다도 강했던 것이다.

20대에 들어서는 유혹이 귀로 쏠리는 듯했다.
귀가 유난히 밝은 것 같았고
들리는 것마다에 호기심과 갈증을 느꼈다.

그러던 것이 30대에 들어서는 혀에 곤혹을 느꼈다.
입만 열면 교만과 모함이 쏟아져 나오려고 했다.
그러다 40대에 이른 지금에야 나는 비로소
남이 나를 유혹하는 것이 아니라
내가 나를 유혹하고 있음을 깨달았다.

내 스스로가 그런 빌미를 기다리고 있는 것이다.
나태의 유혹을, 관습의 유혹을.
그리하여 핑계만 있으면 고통스러운 영혼의
의지를 떼어 버리고
몸이 편하자는 대로 살려고 하지 않는가.

_정채봉

느낌들을 그저 느껴라

내면에서 느낌들이 올라오면 그저 느껴라.
느낌들이 내면에서 경험되도록 허용하라.
느낌들은 당신을 스쳐 지나갈 것이다.
느낌들은 당신 속으로 들어가지 않을 것이다.

느낌들은 당신의 일부가 되지 않을 것이다.
하지만 느낌들을 어떤 식으로든 긍정하거나 부정하면,
당신은 그것들을 자신의 것으로 만들게 된다.

느낌들을 긍정하면
느낌들에 집착하게 될 것이다.
느낌들을 부정하면
느낌들을 내면에 억누르게 될 것이다.

어떤 경우든 당신은 개인적이지 않은 느낌들을
개인의 느낌들로 만들어버린다.
개인적이지 않은 것을 개인의 것으로 만들어버린다.
당신이 해서는 안 되는 일이다.

_레너드 제이콥슨

흐린 것을 버리면
스스로 맑아진다

물은 물결이 일지 않으면
스스로 조용하고,
거울은 먼지가 끼지 않으면
저절로 밝다.

그러므로 굳이 마음을 맑게 하려고
애쓸 필요가 없다.
흐린 것을 버리면
스스로 맑아질 것이다.

또한 굳이 즐거움을 찾으려
애쓸 필요가 없다.
괴로움을 버리면
저절로 즐거울 것이다.

_채근담

고통은 기쁨의 한부분

금붕어는 어항 안에서는
3천 개 정도의 알을 낳지만
자연 상태에서는 1만 개 정도 낳습니다.

열대어는 어항 속에서
자기들끼리 두면 비실비실 죽어버리지만
천적과 같이 두면 힘차게 잘 살아 갑니다.

호도와 밤은 서로 부딪혀야
풍성한 열매를 맺고
보리는 겨울을 지나지 않으면
잎만 무성할 뿐 알곡이 들어차지 않습니다.

태풍이 지나가야
바다에 영양분이 풍부하고
천둥이 치고 비가 쏟아져야 대기가 깨끗해집니다.

평탄하고 기름진 땅보다
절벽이나 척박한 땅에서 피어난 꽃이 더 향기롭고
늘 따뜻한 곳에서 자란 나무보다
모진 추위를 견딘 나무가 더 푸릅니다.

고통은 기쁨의 한 부분입니다.

_지식in

깨어 있는 마음

깨어 있는 마음을 수행해야 한다.
한 잔의 물을 마시면서
자신이 물을 마시고 있음을 알 때
거기 깨어 있는 마음이 있다.

앉아있고, 걷고, 서있고, 호흡하면서
자신이 앉아있고, 걷고, 서있고,
호흡한다는 것을 자각할 때
우리는 우리 안에서 깨어 있는 마음의 씨앗을 느낀다.
그리고 며칠 후 우리의 깨어 있는 마음은
더욱 강해질 것이다.

깨어 있는 마음은 우리의 길을 밝혀주는 등불이다.
그것은 우리들 각자의 내면에 있는 살아있는 붓다이다.
깨어 있는 마음은 통찰력과 자각,
자비와 사랑을 낳는다.

_틱낫한

진정한 지혜

진정한 사랑은
말에 있지 않고 행동에 있으며
그런 사랑만이 우리에게 진정한 지혜를 줍니다.

진정한 지혜는
모든 것에 대한 지식이 아니라
살아가는데 가장 필요한 지식과
불필요한 지식과 알 필요가 없는 지식을 구별하는 것입니다.

곧 필요한 지식이란 되도록 나쁜 짓을 하지 않고
훌륭하게 살아가는 방법이 무엇인가 아는 것입니다.

그런데 안타깝게도 요즘 사람들은
사는데 가장 필요하고 소중한 지식을 연구하기보다는
쓸모없는 학문을 연구하고 있습니다.

지혜는
순수하기 이를 데 없는 것입니다.
지혜를 얻게 되면 영혼이 평안함을 느낄 것입니다.
지혜는 헤아릴 수 없습니다.
지혜에 가까이 가면 갈수록
지혜는 더욱 삶에 중요하게 다가오기 때문입니다.
지혜로운 우리의 삶은 시시각각 좋은 모습으로 변하는 것입니다.

_톨스토이

마음아 뭐하니

이따금 화가 날 때가 있다.
그것도 가까운 인연이나 내가
도움을 주었던 사람 때문에
일어난 일일 경우에는 그 정도가 심하다.

그런 때, 한참 동안
화를 삭이지 못하다가
마음을 돌려 정리하는 데 두 가지 방법이 있다.

하나는
'내가 이러면 안 되지' 하고 돌리는 것이고,
다른 하나는 '이 마음이 어디서 왔나?' 하고
돌리는 경우이다.

'내가 이러면 안 되지' 하고 돌리다 보면
차츰 잘 돌려지게 된다.
그리고 '이 마음이 어디서 왔나?' 하고 보면
그 근원지에 화가 나게 하는 실체란 없다.

실체도 없는 허깨비를 놓고
혼자서 고민하거나 싸우고 있는 것이다.
그리고 보면 화나는 것, 참고 돌리는 것,
실체가 없는 그 자리를 아는 것 등이
다 내 마음에서 비롯된 것이다.

이를 안다면 그 누구를 탓할 것도 없고
복을 지어 놓고 복 받기를 기다릴 일도 없다.
비단 화나는 일에만 국한되는 게 아니다.

모든 일의 근본인
이 마음의 원리를 안다면
금방 놓아질 일인데 모르기 때문에
그게 이 순간에 전부인 줄 알고 붙들고 있는 것이다.

_나상호

지혜의 달력

삶을 살아가는 태도는
두 가지로 나뉘어집니다.
하나는 죽음을 전혀 생각하지 않고
살아가는 것이며,
다른 하나는 매 순간
어떻게 살아야 하는가 고민하며
죽음의 순간까지 살겠다는
생각을 하고 살아가는 것입니다.

육체적이고 물질적인 생활을
정신적인 생활로 전환하면 할수록
그만큼 죽음을 두려워하지 않게 됩니다.
마음과 정성을 다해
정신적인 생활을 추구하는 사람은
죽음을 결코 두려워하지 않는 법입니다.

무엇을 할 것인가 마음을 잡지 못할 때는
그날 당장 죽는다고 상상해 보십시오.
곧바로 마음이 잡히게 되고,
양심이 말하는 소리를
똑똑히 들을 것이고 진정으로
내밀한 소망이 무엇인가 확연히 알게 될 것입니다.

수초 안에 사형이 집행될 사람은
재산을 늘리겠다든가 어떤 명예를 얻을까,

그리고 전쟁에서 어느 나라가 이겼다든지,
새로운 행성을 발견했는가 하는
문제를 전혀 생각하지 못합니다.

그러나 죽음을
1분이라도 남겨 놓은 사람은
학대받는 사람을 위로하거나
제대로 걷지 못하는
노인을 부축하거나
상처에 붕대를 묶어주거나
아이들의 장난감을 고쳐주고 싶어합니다.

_톨스토이

지금 이 순간에 머물러라

지금 이 순간에 온전히 머물 때,
당신은 후회나 불안에 끌려 다니지 않을 수 있습니다.

깨어있는 마음으로
걷는 한 걸음 한 걸음은
우리의 행복을 키워주는 봄비 같은 것입니다.
걷고 먹는 것은 우리가 매일 하는 일상입니다.

그러나
대부분의 사람들은 걸을 때
온 마음을 다해 걷지 않습니다.
일과 걱정에 온 마음을 빼앗겨 버리니까요.
그래서 사람들은 자유롭지 못합니다.

걸을 땐 깨어있는 마음으로 걸으십시오.
깨어있는 마음만 있다면 당신은
이제 과거를 후회할 필요가 없습니다.

깨어있는 마음은
사랑하는 사람들을 진정으로 볼 수 있게 해주고,
그들을 마음으로 받아들일 수 있게 해줍니다.
이것이 바로 우리를 진정으로
살아있게 하는 힘이며 행복하게 하는 힘입니다.

_틱낫한

나를 믿지 마라

나를 믿지 마십시오.
당신 자신을 믿지 마십시오.
아무도 믿지 마십시오.
믿지 않으면, 진실이 아닌 것은
이 세상이라는 환영에서 연기처럼 사라질 것입니다.

모든 것은 지금 여기에 있는 것입니다.
진실인 것을 정당화할 필요는 없습니다.
그것을 설명할 필요는 없습니다.
진실인 것은 누구의 뒷받침도 필요하지 않습니다.
당신의 거짓말은 당신의 뒷받침이 필요합니다.
당신은 첫 번째 거짓말을
뒷받침하기 위해 거짓말을,
그 거짓말을 뒷받침하기 위해
또 다른 거짓말을 지어낼 필요가 있습니다.

그리고 그 모든 거짓말들을 뒷받침하기 위해
더 많은 거짓말들을⋯⋯
당신은 거짓말들로 이루어진 큰 집을 지어냅니다.
그런데 진실이 드러나면 모든 것은 무너져 없어집니다.
대부분의 거짓말들은 우리가 믿지만 않으면 흩어져 사라집니다.
진실인 것은 진실입니다.
믿든 믿지 않든.

_돈 미겔 루이스

겸손은 신이 내린 최고의 덕이다

사람들은 자기의 겉모습을 보려면
반드시 거울 앞에 서게 됩니다.
거울은 정말로 정직합니다.
있는 그대로의 모습을,
있는 그대로 거울 속에 비춰줍니다.
자기 얼굴에 검정이 묻지 않았다고
완강히 고집하는 사람도
거울 앞에 서게 되면
그 모습은 일목요연합니다.

그러므로 사람들은 그때서야
자기의 잘못을 인정하게 되고
그것을 바로 고치게 되는 것입니다.
이와 같이 겉모습은
거울로 잡을 수가 있지만,
마음속의 잘못까지는 비춰내지 못합니다.

그래서 사람들은
자신의 잘못된 생각을
자각하기가 매우 어려운 것입니다.
마음의 거울이 없기 때문입니다.
그런데 구하는 마음이 겸손하기만 하다면
마음의 거울은 아무 데나 있습니다.

주위에 있는 모든 물건,

자신과 접하는 모든 사람,
이 모두가 자신을 비춰주는
마음의 거울이 되는 것입니다.
모든 물건이 각자의 마음을 비춰주고
모든 사람이 각자의
마음과 연결되어 있는 것입니다.

옛 성현들은
"자신의 눈에서 대들보를 끄집어내어라." 라고 가르쳤습니다.
좀 더 주위를 자세히 살피고
주위 사람들의 소리에 귀를 기울이여야 하겠습니다.
이 겸허한 마음,
솔직한 마음이 있으면
모든 것이
마음에 비춰질 것입니다.

_브하그완

남들이 정직하기를 바란다면

남들이 정직하기를 바란다면
나부터 정직해져야 합니다.
세상을 고통으로부터 해방시키고 싶다면
나부터 해방되어야 합니다.

가정과 주위 환경을 행복하게 하고 싶다면
나부터 행복해져야 합니다.

나 스스로 자신을 바꿀 수 있다면
나를 둘러싼 모든 것이 변화할 것입니다.

인생에는
그 어떤 우연도 존재하지 않습니다.
삶에서 일어난 모든 일들은
오직 내 마음이 끌어당긴 것입니다.

나를 둘러싼 환경은 내 마음속에 들어 있는
눈에 보이지 않는 원인이 가져온 정당한 결과에 다름 아닙니다.

생각을 낳는 사람도 나 자신이고
환경과 삶을 창조하는 사람도 나 자신입니다.
내가 마음속에서 길러낸 생각들이
지금도 나의 삶을 만들고 있습니다.

_제임스 알렌

다 놓아 버려라

하나의 심상(心象)이 일어나
마음을 끌어당기게 되면,
마음은 바람에 떨어지는 열매처럼 휩쓸리게 된다.

행복이든, 불행이든,
기쁨이든, 슬픔이든,
선이든, 악이든, 다 놓아 버리라는 것이다.
우리가 놓지 못하는 건 대상에 대한 집착 때문이다.

모든 고통은 집착에서 비롯된다.
모든 현상들은 항상 변하는 불확실한 것임을
알지 못할 때 집착과 고통이 따른다.

따라서 누구든 일체를 놓아 버려
법마저 놓아 버리게 되면
진정한 자유를 누릴 수 있다.
그러므로 현실이나 타인을
자기가 바라는 대로 바꾸려 들지 말아야 한다.

또한 자신의 내면에서
일어나는 생각이나 감정도 바꾸려 하거나
자신을 타인과 비교하게 되면 고통이 일어난다.
무상을 알지 못하기 때문이다.

_아잔차스님

마음을 텅 비우고

힘은 평화로운 마음에서 생긴다.
평화로 가득 찬 마음을 얻으려면
무엇보다도 마음을 텅 비워라.

당신의 마음속에서 두려움과 미움,
불안, 후회, 미련, 죄의식 등을
깨끗이 비워내는 일을 어김없이 실행하라.

당신이 자신의 마음을 의식적으로
비우려고 애쓰고 있다는 그 사실 자체만으로도
당신의 마음은 잠시 동안이나마
휴식을 얻게 될 것이다.

_노먼 빈센트 필

생각하는 것은 일종의 질병이다

생각이라는 것은 일종의 질병입니다.
질병은 균형이 무너질 때 생깁니다.
균형이 무너진다는 것은 어떤 의미일까요?

예를 들어, 몸 안의 세포가
분열하고 증식하는 것 자체는
당연하고 자연스러운 상태입니다.
그러나 이 과정이 몸 전체의 질서와 상관없이
계속된다면, 세포들이 급격히 증가해서 병에 걸리게 됩니다.

올바르게 사용하면
마음은 아주 훌륭한 도구이지만,
잘못 사용하면 대단한 파괴력을 갖게 됩니다.
더, 정확히 말하자면,
잘못 사용하는 정도가 아니라
마음이 우리를 부리는 상태가 되어 버립니다.

마음을 부리지 못하고
부림을 당하는 것이 곧 병입니다.
나를 내 마음이라고 믿는 것은 환상이요, 기만입니다.
부림을 당해야 할 도구가 주인의 자리를 점령하고 만 꼴입니다.

_에크하르트 톨레

감정 다스리기

물위에 글을 쓸 수는 없다.
물속에서는 조각도 할 수 없다.
물의 본성은 흐르는 것이다.

우리의 성난 감정은 바로
이 물처럼 다루어야 한다.
분노의 감정이 일어나면
터뜨리지 말고 그냥 내버려 두어라.

마치 강물이 큰 강으로 흘러가듯이
분노의 감정이 자신의 내면에서
세상 밖으로 흘러가는 모습을 즐겁게 지켜보라.

이것은 감정을 숨기는 것과는 다르다.
이때 필요한 것은 자신이
그런 감정을 느낀다는 사실을
분명히 인식하는 것이다.

그리고 그것을
자신에게서 떠나가게 하라.
그것은 부정하는 것이 아니라
자연스럽게, 가장 지혜롭게 풀어 주는 것이다.

_법상스님

세상에 바라는 바 없으니

갈등의 요인은
문제가 자신에게 있다는 것을
잊어버리는데 있습니다.

내가 강하게 서 있으면 주변의 모든 것들이
나에게 영향을 미치지 않는데,
그렇지 않으면 산들바람만 불어도 크게 흔들립니다.
뿌리까지 뽑혀질 정도로 많이 흔들린다면
'내가 뿌리가 굳건하지 않고
부실하다' 는 생각을 하셔야 됩니다.

나는 온전하고 괜찮은데 주변에서
나를 못살게 군다거나 누가 못마땅하다는 둥
자꾸 눈을 밖으로 돌리는데,
항상 원인은 나에게 있다는 것을 명심하십시오.

주변 사람이 못마땅하다고 느껴질 때는
내가 나 자신에게 못마땅하다고 생각하시면 됩니다.
내가 내 자신을 볼 때 마땅치 않기 때문에
계속 타인에게 눈을 돌려서 마땅치가 않은 겁니다.

맘에 안 들고 못마땅하고 이런 것은
근본적으로 캐어 들어가면 내가 나 자신에게
만족하지 못하고 있다는 얘기입니다.
자신에게 만족하는 사람은 남에게 바라는 바가 없습니다.

기대하는 바가 없으면 불만도 없습니다.
내가 나를 충족시키지 못하면
타인에게 기대하는 바가 많은 법입니다.
그런데 기대하는 만큼 실망이 다시 돌아옵니다.
자기는 자기가 만족시키면 되는 것입니다.

남이 충족시켜 주기를 바라지 마십시오.
자급자족하는 것이 사람의 기본 도리입니다.
세상으로부터 아무것도 구할 것이 없고
타인에게서 아무것도 필요한 것이 없는 상태,
그런 것이 우리가 지향해야 하는 모습입니다.

타인에게 아직도 필요한 것이 있다면
내가 아직 완전히 서 있지 않다고 보시면 됩니다.

_문화영

나를 바로 잡으면
모든 것이 바로 잡힌다

세상을 탓하지 말고,
남을 탓하지 말고,
흔들리는 자기 마음을 바로 잡아라.
나를 바로 잡으면 모든 것이 바로 잡힌다.

즉,
자신을 비웃을 수 있는 사람은
남의 비웃음을 당하지 않는다.
여러분이 필요로 하는 것은
이미 여러분 안에 있습니다.

여러분이 반드시 깨달아야 할 것은
자신 안에 모든 것이
존재한다는 사실을 아는 일입니다.
여러분이야말로 완전한 여러분입니다.

_레오 버스카글리아

하는 척 하지 마라

하는 척 하지 마라.
실재로 그렇게 해야 한다.
대부분의 사람들은
자신들이 대단한 일을 하는 양 으스댄다.
특별한 이유가 있는 것도 아니면서
매사를 신비로운 일인 듯 포장한다.
참으로 우습기 짝이 없다.

사람이란 자신의 감정을
자랑처럼 내 세우지 말아야 한다.
소신껏 행동하고 남들이 자신에 대해
이야기하도록 내버려 두어라.

자신이 하는 행동을 있는 그대로 보여라.
그러나 포장하거나 매도하지 마라.
영웅처럼 보이려 애쓰지 말고
진짜 영웅이 되기 위해 노력하라.

_발타자르 그라시안

아무 것도 자신과 관련시켜
받아들이지 마라

아무 것도 자신과 관련시켜
받아들이지 않는 습관이
완전히 몸에 배면 당신은
감정이 상하는 일을 많이 피할 수 있다.
아무 것도 자신과 관련시켜 받아들이지 않으면
분노, 질투, 시기심이 사라지고
슬픔조차도 자취를 감출 것이다.

세상 전체가 당신에 대해
수군거린다 하더라도
당신이 그것을 자신과 관련시켜 받아들이지 않으면
당신은 거기에서 벗어나 안전하다.
누군가 일부러 당신에게 감정의 독을 발산할 수 있다.

그래도 당신이 그것을 당신과 무관한
그들의 문제로 취급하고 신경 쓰지 않는다면
당신은 그 독을 먹지 않게 된다.
그 독은 당신의 내부로 들어오지 못하고
그것을 보낸 사람의 내부에서 더 독해진다.

아무 것도 자신과 관련시켜 받아들이지 말라.
이 약속을 종이에 적어
냉장고 앞에 붙여 두고 늘 되새기라.
이 약속을 지키기만 하면

활짝 열린 마음으로 온 세상을 여행할 수 있으며
아무도 당신을 다치게 할 수 없다.
당신은 조롱 받고 거부당하는 것을
두려워하지 않고
다른 사람들에게 "사랑합니다."라고 말할 수 있다.

필요한 것이 있으면 사람들에게 요청할 수 있다.
또 남들이 무엇을 부탁해 오면
아무런 죄의식이나 자기 정당화 없이
그 부탁을 들어 주던가 거절하든가 할 수 있다.

언제나 마음 가는 대로 선택할 수 있다.
그러면 당신은 지옥 한복판에서도
내적인 평화와 행복을 느낄 수 있다.

_돈 미겔 루이스

인간은 정신적 존재이다

물질적인 것이
당신을 본질적으로 바꿀 수는 없습니다.
물질은 아무 영향력도 지니지 않기 때문입니다.
인간은 정신적인 존재입니다.
사람은 빈손으로 태어나 빈손으로 간다고 하지만
모든 일을 절대 신뢰하고 관용으로 받아드리면
삶과 관계되는 모든 일이 가치 있게 보입니다.

인간은 원래 비판하지도 않고
용서하며 솔직히 받아들이고
자기처럼 남을 사랑할 수 있는 파동이
당신을 보다 좋은 운명으로 인도합니다.
그렇게 되면 당신의 과거는 지금까지의 평가와는 다른
가치를 지니게 되고 미래는 즉시 변하게 됩니다.

잠을 자던 영혼이 드러나면
직관이 여러분을 시키게 됩니다.
아무런 걱정을 할 필요가 없습니다.
잘되는 일은 잘되도록,
잘되지 않아야 하는 일은 잘되지 않도록
신은 모두 처리해 주십니다.
오직, 최선을 다하고 기다리면 됩니다.
그리고 결과는 신에게 맡기면 됩니다.

_인드라 초한

육체의 주인은 마음이다

육체의 주인은 마음이다.
육체를 통해
마음은
정서와 감정, 욕망과 사고를 표현한다.

사랑과 미움, 쾌락과 고통은 마음에 의해 생겨나며
다시 마음에 물들게 된다.

우리는 깊은 잠에 빠졌을 때나 기절했을 때는
희로애락(喜怒哀樂)을 인식하지 못한다.

희로애락이 진아(眞我)에 속한 기능이라면
깊은 잠과 기절한 상태에서도
존재하고 진아처럼 작용을 계속했을 것이다.

수련으로 마음이 맑고 밝아지면 초의식으로 변화된다.
순수한 초의식의 상태에서
마음이 만들어내는 그림자의 세계는 사라진다.

_바바하리다스

있는 그대로 바라보라

자신의 믿음에 매달리는 일 때문에
삶의 경험이 협소해질 수 있습니다.
그렇다고 해서 믿음이나 의견이나
생각들이 문제라고 말하는 건 아닙니다.

자신의 믿음과 의견에 집착하여 삼라만상이 특별한 방식으로
움직여야만 한다고 고집하는 태도가 문제를 일으킨다는 뜻입니다.
이런 식으로 믿는 태도는 볼 수 있는 눈이 있어도 눈감겠다는 뜻이며,
살아 숨쉬기보다는 죽겠다는 의미이고,
깨어나기보다는 잠자겠다는 뜻입니다.

건강하고 풍족하고 거침없고 변화무쌍하며,
생생한 삶을 누리려는 사람들에게
한 가지 분명하게 할 수 있는 말은 다음과 같습니다.

있는 그대로를 바라보세요.
자꾸만 자기 믿음이나 생각만을 고집하려 든다는 느낌이 들 때,
그저 있는 그대로를 바라보세요.

믿는 바가 사실이든 거짓이든 따지지 말고 그냥 인정하세요.
판단 따위는 그냥 지나치게 내버려두고 똑바로 보세요.
그리고 지금 이 순간으로 돌아오세요.
지금부터 죽는 그날까지 이렇게 살아가세요.

_페마 쵸드론

먼저 당신 자신이 깨어나라

만약 당신이 세상을 바로잡고,
모든 악과 불행을 내쫓고 싶다면,
황무지에 꽃이 피게 하고 적막한 불모지가
장미꽃이 만발하듯 번영하게 만들고 싶다면,
먼저 당신 자신을 바로잡아라.

오랫동안 죄에 사로잡혀 있는 이 세상이
영광을 향해 방향을 바꾸도록 이끌고 싶다면,
찢어진 사람들의 가슴을 회복시키고,
슬픔을 뿌리뽑고, 감미로운 위로가 넘치게 하려면,
먼저 당신 마음의 방향을 바꿔라.

세상의 오랜 질병을 치료하고,
세상의 슬픔과 고통을 끝내려면,
모든 것을 치유하는 기쁨을 세상에 가져오려면,
그리고 고생하는 이들에게 평안을 주려면,
먼저 당신 자신을 치료하라.

세상을 사랑과 평화로 인도하고,
영원한 생명과 빛과 광명에 이르게 하여
죽음과 음울한 투쟁의 잠으로부터
세상을 깨우고 싶다면,
먼저 당신 자신이 깨어나라.

_제임스 앨런

걱정은 쓸모없다

차를 즐기기 위해서는
지금 이 순간 속에 완전히 깨어 있어야 한다.
현재에 대한 자각 속에서만
우리의 두 손은 찻잔의 기분 좋은 온기를 느낄 수 있다.
현재 속에서만 그 향기를 음미할 수 있고,
그 달콤함을 맛볼 수 있으며,
그 오묘함을 감상할 수 있다.

과거를 돌아보거나 미래를 염려하면
우리는 한 잔의 차를 즐기는 경험을
완전히 놓쳐버리고 말 것이다.
찻잔을 바라보는 순간
어느새 차는 사라지고 없을 것이다.

인생도 그와 같다.
우리가 현재에 온전히 존재하지 못하면,
우리가 주위를 둘러보는 사이
현재는 사라지고 말 것이다.
인생의 느낌, 향기,
그 오묘함과 아름다움을 놓치고 말 것이다.
그것들은 눈 깜짝할 사이에
우리를 스쳐 지나가게 될 것이다.

과거는 지나갔다.
그것으로부터 배운 다음 보내 버리라.

미래는 아직 오지 않았다.
미래를 위해 계획하되,
미래에 대해 걱정하느라 시간을 낭비하지 말라.

걱정은 쓸모없다.
이미 일어난 일에 대해 생각하는 것을 멈출 때,
결코 일어나지 않을지도 모르는 일에 대해
걱정하는 것을 멈출 때,
우리는 비로소 현재에 존재할 수 있게 될 것이다.
그리고 삶 속에서 기쁨을 경험하기 시작할 것이다.

_틱낫한

어제도 내일도 바로 지금이다

우리가 가진 것은 오직 '지금' 뿐이다.
현재에 몰두하고 있다면
잘 살고 있는 것이다.
어제 무슨 일이 있었건,
내일 무슨 일이 생기건, 개의치 말라.
오늘 해야 할 일을 충실히 할 때
행복과 만족을 찾을 수 있다.

어린 아이들에게 깃들인
가장 경이로운 아름다움은
현재에 온전히 몰두한다는 것이다.

하자고 마음먹은 일에 아이들은 정신없이 일한다.
딱정벌레를 관찰하건, 그림을 그리건,
모래성을 쌓건 간에 말이다.
우리는 어른이 되면서
한꺼번에 여러 가지 일을 걱정하고
생각하는 기술을 배운다.

지나간 문제와 앞으로의 걱정이 뒤엉켜
우리의 현재를 점령하기 때문에
우리는 비참해지고 무력해진다.
그뿐인가, 우리는 즐거움과 행복을
미루는 법도 배운다.

언젠가는 모든 게
한결 나아질 거라고 믿으면서 말이다.
지금을 충실하게 누리고 살면
우리 마음에서 두려움이 사라진다.

본래 두려움이란
어느 날 갑자기 생길지도 모르는
좋지 않는 사태를 걱정하는 것이다.

_엔드류 메튜스

감정은 여러분 안에 있다

부정적인 감정들은 여러분 안에 있습니다.
현실 안에 있지 않습니다.
그러니 현실을 변화시키려 하기를 멈추십시오.
그건 미친 것입니다!
다른 사람을 바꿔 놓으려 하기를 그만두십시오.
우리는 모든 시간과 정열을
외적 상황들을 바꾸려는 데에,
배우자, 사장, 친구, 적,
그 밖의 모든 사람들을 변화시키려는 데에
허비하고 있습니다.
아무것도 바꿀 필요가 없습니다.
부정적인 감정들은 우리 안에 있습니다.

지상의 어느 누구도
우리를 불행하게 할 힘은 없습니다.
지상의 어떤 사건도
우리를 혼란시키고 상심하게 할 힘은 없습니다.
어떤 일, 어떤 조건, 어떤 상황도, 혹은 어떤 사람도,
아무도 우리에게 이것을 말해 주지 않았습니다.
정반대 얘기를 했죠.
그래서 지금 여러분이 뒤죽박죽인 겁니다.
그래서 잠들어 있는 겁니다.
사람들은 이것을 말해 주지 않았습니다.
그러나 이건 자명한 것입니다.

비가 와서 소풍을 망쳤다고 합시다.
누가 기분이 나빠집니까?
비입니까, 나입니까?
무엇이 부정적 감정을 일으킵니까?
비입니까, 나의 반응입니까?
무릎을 탁자에 부딪쳤다 했을 때 탁자는 잘못이 없습니다.
탁자는 생긴대로 탁자 노릇 하느라고 바쁘죠.
아픈 데는 무릎이지 탁자가 아니죠.
신비가들은 늘 우리에게
현실이란 모두 옳다고 말해 주고자 합니다.
현실에 문제가 있는 게 아닙니다.
인류를 이 지상에서 치워 버려도 생명은 지속될 것입니다.
그 사랑스러움과 공격성을 고스란히 유지하면서
자연은 존속할 것입니다.

어디에 문제가 있어요?
전혀 문제가 없죠.
여러분이 문제를 만드는 겁니다.
여러분이 바로 문제인 겁니다.
'내 것'과 동일화했고 그것이 문제인 겁니다.
그 감정들은 여러분 안에 있지 현실에 있지 않습니다.

_안소니 드 멜로

내면의 눈으로 아름다움을 보라

최근에 나는 한참 동안 숲 속을 산책하고
방금 돌아온 친구에게
무엇을 보았냐고 물어본 적이 있다.
그녀는 "별로 특별한 게 없었어." 라고 대답했다.
한 시간 동안이나 숲 속을 산책하면서
아무것도 주목할 만한 것이 없었다니 그럴 수가 있을까?

나는 스스로에게 반문해 보았다.
아무 것도 볼 수가 없는 나는
단지 감촉을 통해서도 나를 흥미롭게 해주는
수많은 것들을 발견한다.

나는 잎사귀 하나에서도 정교한 대칭미를 느낀다.
은빛 자작나무의 부드러운 표피를
사랑스러운 듯 어루만지기도 하고
소나무의 거칠고 울퉁불퉁한 나무껍질을
더듬어 보기도 한다.

때때로 이러한 모든 것들을
보고 싶은 열망에 내 가슴은 터질 것만 같다.
단지 감촉을 통해서도 이처럼 많은 기쁨을
얻을 수 있는데 볼 수만 있다면
얼마나 더 많은 아름다움을 발견할 수 있을 것인가?

내일이면 눈이 멀지도 모른다는 생각으로

당신의 눈을 사용하라.

내일이면 귀가 멀게 될 사람처럼 음악을 감상하고,
새들의 노랫소리를 듣고,
오케스트라의 멋진 하모니를 음미하라.

내일이면 다시는 냄새도, 맛도,
느끼지 못할 사람처럼 꽃들의 향기를 맡아보고
온갖 음식의 한 숟갈 한 숟갈을 맛보도록 하라.

_헬렌 켈러

가슴으로 돌아가라

혼란스럽고, 외롭고,
무엇을 해야 할지 모를 때
당신이 믿을 수 있는 곳으로 돌아가라.
곧 당신의 가슴으로.

일과 돈, 사랑에 문제가 있을 때,
당신의 가슴으로 돌아가라.
사랑과 진실을 알고 있는 가슴이 당신을 안내할 것이다.

삶에서의 혼란을 느끼는가?
왜 일이 잘 풀리지 않는지 궁금한가?
자신이 가진 지도를 믿을 수 없고,
앞으로 내디딜 발걸음에 확신이 없으며,
뒤엉킨 과거를 풀 방법을 모르겠는가?

해답은 머리가 아니라 가슴에 있다.
해답은 밖에 있는 것이 아니다.
물론 가끔은 다른 사람들의 안내를 받기도 하지만,
당신이 원하는 해답은 당신 가슴 속에 있다.

가슴은 당신의 중심이며,
감성과 지성, 영혼이 균형을 이루는 곳이다.
가슴은 늘 당신을 진정한 집으로 인도한다.

_멜로디 비에티

과거를 버려라

마음은 지나 버린 당신의 과거입니다.
과거를 버리십시오.
그러면 그때 당신의 의식은
완전하게 깨어나게 됩니다.
과거는 죽어 버린 파편입니다.
과거에서 벗어나십시오.
그러면 당신은 목격하는 법을 배우게 됩니다.

과거, 생각, 기억에서 자유롭게 될 때,
당신은 완전한 현재(지금 이 순간)에 머무르게 됩니다.
당신이 현재 속에 존재할 때,
그때 당신은 모든 것을 '있는 그대로' 목격하게 됩니다.

생각이 있을 때, 과거는 존재하고,
생각이 제거되면, 과거는 사라집니다.
그리고 그때 당신은 아트만에 안주하게 됩니다.
지고자(the Self)는 항상 모든 것을
단순히 지켜보고 있을 따름입니다.
지고자는 인격체가 아닙니다.
그는 순수 의식입니다.
그는 모든 현상에서 완전히 초월해 있습니다.

_암마

무지(無知)

이 세상 사람들은
모르면서도 전체를 아는 체 합니다.

어설프게 아는 것입니다.
엄밀히 생각하면 하나도 아는 것이 없습니다.
한 방울의 물과 먼지하나,
풀 한포기의 이치도 제대로 아는 것이 아닙니다.

피상적으로 이름을 붙여서 알 뿐이지
본질적으로 그 근본을 추궁하면 정체를 모르는 것입니다.
마음의 그림자인 생각으로
감각기관을 통해서 모든 걸 판단합니다.
그리고 그것을 제대로 이해하는 줄로 착각합니다.

이러한 지식은 몇 푼어치 안 되는 겁니다.
그것으로 백년 안쪽의 얘기는
서로 주고받고 이해가 되는 듯 할지는 모릅니다.
그러나 우리의 영원한 생명의 빛은
그런 단편적인 지식의 저울대로는 달아지지 않습니다.

_서암스님

빈 마음 그것을……

빈 마음 그것을 무심이라고 하며
빈 마음이 곧 우리들의 본마음이다.
무엇인가 채워져 있으면
본마음이 아니고 텅 비우고 있어야 거기에 울림이 있다.
울림이 있어야 삶이 신선하고 활기있는 것이다.

＊＊＊

사람은 본질적으로 홀로일 수밖에 없는 존재다.
홀로 사는 사람들은
진흙에 더럽혀지지 않는 연꽃처럼 살려고 한다.
홀로 있다는 것은 물들지 않고 순진무구하고
자유롭고 전체적이고 부서지지 않음을 뜻한다.

＊＊＊

삶은 소유물이 아니라 순간순간의 있음이다.
영원한 것은 어디 있는가?
모두 한 때일 뿐 그러나 그 한 때를
최선을 다해 최대한으로 살 수 있어야 한다.
삶은 놀라운 신비요, 아름다움이다.

＊＊＊

내 소망은 단순하게 살고 평범하게 사는 일이다.

내 느낌과 의지대로 자연스럽게 살고 싶다.
그 누구도 내 삶을 대신해서
살아줄 수 없기 때문에 나는 나답게 살고 싶다.

* * *

행복은 결코 많고 큰 데만 있는 것이 아니다.
작은 것을 가지고도 고마워하고
만족할 줄 안다면 그는 행복한 사람이다.
여백과 공간의 아름다움은 단순함과 간소함에 있다.

* * *

나는 누구인가? 스스로 물어라.
자신의 속 얼굴이 드러나 보일 때까지
묻고 묻고 또 물어야 한다.
건성으로 묻지 말고 목소리의 목소리로
귀속의 귀에 대고 간절하게 물어야 한다.
해답은 그 물음 속에 있다.

* * *

무소유란 아무것도 갖지 않는다는 것이 아니라
불필요한 것을 갖지 않는다는 뜻이다.
우리가 선택한 맑은 가난은
부보다 훨씬 값지고 고귀한 것이다.

* * *

우리가 지금 이 순간
전 존재를 기울여 누군가를 사랑하고 있다면
이 다음에는 더욱 많은 이웃들을 사랑할 수 있다.
다음 순간은 지금 이 순간에서 태어나기 때문이다.
지금이 바로 그때이지 시절이 따로 있는 것이 아니다.

＊＊＊

버리고 비우는 것은 결코
소극적인 삶이 아니라 지혜로 삶의 선택이다.
버리고 비우지 않고는 새 것이 들어설 수 없다.
공간이나 여백은 그저 비어있는 것이 아니라
그 공간과 여백이 본질과 실상을 떠받쳐 주고 있다.

＊＊＊

나 자신의 인간 가치를 결정짓는 것은
내가 얼마나 높은 사회적 지위나 명예 또는
얼마나 많은 재산을 갖고 있는가가 아니라
나 자신의 영혼과 얼마나 일치되어 있는가이다.

_법정스님

신은 당신 곁에 있다

실제로 신은 당신 가까이에 있다.
신을 보는 것은 결코 불가능한 것이 아니다.
신은 당신의 머리 바로 위에서
영원히 빛나고 있는 태양과도 같다.

당신이 신을 발견하지 못했다면
그것은 당신 스스로 잡다한
마음의 껍질이라는 우산을
쓰고 있기 때문이다.

당신이 그 우산을 치우기만 한다면,
태양을 발견하기 위해 굳이
다른 곳을 찾아갈 필요가 있겠는가.
태양은 항상 당신을 바라보고 있다.

하지만 우산처럼 작고 사소한 것이
태양처럼 엄청난 존재를
가로 막고 있는 것이다.

_바바하리다스

마음이 가는 곳

사랑을 가지고 가는 자는
가는 곳곳마다 친구가 있고,

선을 가지고 가는 자는
가는 곳곳마다 외롭지 않고,

정의를 가지고 가는 자는
가는 곳곳마다 함께 하는 자가 있고,

진리를 가지고 가는 자는
가는 곳곳마다 듣는 사람이 있으며,

자비를 가지고 가는 자는
가는 곳곳마다 화평이 있으며,

진실함을 가지고 가는 자는
가는 곳곳마다 기쁨이 있고,

성실함을 가지고 가는 자는
가는 곳곳마다 믿음이 있고,

부지런함을 가지고 가는 자는
가는 곳곳마다 즐거움이 있으며,

겸손함을 가지고 가는 자는

가는 곳곳마다 화목이 있으며,

거짓 속임을 가지고 가는 자는
가는 곳곳마다 불신이 있고,

게으름과 태만을 가지고 가는 자는
가는 곳곳마다 멸시 천대가 있고,

사리사욕을 가지고 가는 자는
가는 곳곳마다 원망과 불평이 있고,

차별과 편력을 가지고 가는 자는
가는 곳곳마다 불화가 있다.

_지식in

바람은 그 소리를 남기지 않는다

바람이 성긴 대숲에 불어와도
바람이 지나가면 그 소리를
남기지 않는다.

기러기가 차가운 연못을 지나가고 나면
그 그림자를 남기지 않는다.

그러므로 군자(君子)는 일이 생기면
비로소 마음이 나타나고
일이 지나고 나면 마음도 따라서 비워진다.

사람들은 무엇이든 소유하기를 원한다.
그들은 눈을 즐겁게 해 주는 것,
그들의 귀를 즐겁게 해 주는 것,
그리고 그들의 마음을 즐겁게 해 주는 것이면
가리지 않고 자기 것으로 하기를 주저하지 않는다.

남의 것이기보다는 우리 것으로,
그리고 또 우리 것이기보다는
내 것이기를 바란다.
나아가서는 내가 가진 것이 유일하기를 원한다.

그들은 인간이기 때문에,
인간이기 위하여 소유하고 싶다고
거리낌 없이 말한다.

얼마나 맹목적인 욕구이며
맹목적인 소유인가?

보라.
모든 강물이 흘러 마침내는
바다로 들어가 보이지 않듯이
사람들은 세월의 강물에 떠밀려
죽음이라는 바다로 들어가 보이지 않게 된다.

소유한다는 것은 머물러 있음을 의미한다.

모든 사물이 어느 한 사람만의
소유가 아니었을 때 그것은 살아 숨쉬며
이 사람 혹은 저 사람과도 대화한다.

모든 자연을 보라.
바람이 성긴 대숲에 불어와도 바람이 가고 나면 그 소리를
남기지 않듯이, 모든 자연은 그렇게 떠나며 보내며 산다.

하찮은 일에 집착하지 말라.
지나간 일들에 가혹한 미련을 두지 말라.

그대를 스치고 떠나는 것들을 반기고
그대를 찾아와 잠시 머무는 시간을 환영하라.

그리고 비워 두라.
언제 다시 그대 가슴에 새로운 손님이 찾아들지 모르기 때문이다.

_채근담

내 마음을 다스릴 때

그대 마음속에 분노가 고여들거든
우선 말하는 것을 멈추십시오.

지독히 화가 났을 때에는
우리 인생이 얼마나 덧없는가를 생각해보십시오.

서로 사랑하며 살아도 벅찬 세상인데
이렇게 아옹다옹 싸우며 살아갈 필요가 있겠습니까.

내가 화가 났을 때
내 주위 사람들은 모두 등을 돌렸습니다.

그러나 내가 고요한 마음으로
웃으며 마주칠 때 많은 사람이
내 등을 다독거려 주었습니다.
그리하여 난 알 수 있었습니다.

내게 가장 해가 되는 것은 바로
내 마음속에 감춰진 분노라는 것을 말입니다.
나는 분노하는 마음을 없애려고 노력합니다.

고요하고 편안한 마음으로 내 마음을 다스릴 때
많은 사람이 나에게 사랑으로 다가올 겁니다.

_지식in

사람을 알아보는 지혜

사람의 마음은 험하기가 산천보다 심하고, 알기는 하늘보다 더 어렵다. 하늘에는 그래도 봄, 여름, 가을, 겨울의 사계절과 아침, 저녁의 구별이 있지만, 사람은 꾸미는 얼굴과 깊은 감정 때문에 알기가 어렵다.

외모는 진실한 듯 하면서도 마음은 교활한 사람이 있고,
겉은 어른다운 듯 하면서도 속은 못된 사람이 있으며,
겉은 원만한 듯 하면서도 속은 강직한 사람이 있고,
겉은 건실한 듯 하면서도 속은 나태한 사람이 있으며,
겉은 너그러운 듯 하면서도 속은 조급한 사람이 있다.

그러므로 군자는 사람을 쓸 때에
1. 먼 곳에 심부름을 시켜 그 충성스러움을 보고,
2. 가까이 두고 써서 그 공경을 본다.
3. 번거로운 일을 시켜 그 재능을 보고,
4. 뜻밖의 질문을 던져 그 지혜를 본다.
5. 급한 약속을 하여 그 신용을 보고,
6. 재물을 맡겨 그 사용하는 마음을 통해 그 어짊을 본다.
7. 위급한 일을 알려 그 절개를 보고,
8. 술에 취하게 하여 그 절도를 보며,
9. 남녀를 섞여 있게 하여 그 이성에 대한 자세를 살핀다,

이 아홉 가지 결과를 종합해서 놓고 보면
사람을 알아볼 수 있게 되는 것이다.

_공자

모든 해답은 우리의 내부에 있다

모든 해답은 우리의 내부에 있다.
우리는 스스로 그것을 깨달아야 한다.

배는 하나의 방향타에 의해 방향을 조절한다.
방향타는 배 안에 있다.
바로 스승은 당신 안에 있다.
그 스승이 참다운 당신인 것이다.

세상 전체가 우리의 스승이다.
우리는 모든 사람에게서 배워야 한다.
그러나 모든 것을 한꺼번에 알 수 있다는
의미는 아니다.

어떤 대답은 깊은 영향을 주기도 하고
또 어떤 것은 그렇지 않기도 하다.

의식이 높아질수록 이해도 또한 깊어진다.
우리는 서로 다른 업과 사고,
감각을 가지고 있다.

이런 차이점 때문에 다른 사람의 말을
자기식으로 해석해서
그것에 따라 행동한다.

_바바하리다스

사랑

사랑은 언제나 그 자리에

색(色)과 맛의 세계를 떠났다.
순수한 빛의 세계에 머물기 위해 문득 깨달아지는 것은
그동안 누려온 온갖 감정과 쾌락이
모두 색과 맛일 뿐 그저 허무한 몸짓에 지나지 않았다는 것.
그리하여 불필요한 노동의 시간도
허무한 몸짓과 함께 사라져 가는구나.

본질직관(本質直觀)으로 모든 것이 여여(如如)해지면
나는 우주의 생명력으로 살아 움직인다.

우주의 숨결이 나를 채우고 충일(充溢)한 사랑으로
의식이 확장되면 온 세상이 아버지 안에 있고 아버지의 나라가 된다.

이 땅 위를 여행한 지 마흔아홉 해 애증의 고갯길을 수도 없이 넘어
이제야 당도한 아버지의 집이다.
다행히 이 집의 사랑과 평화는 그리 낯설지 않다.
본래 내 것이었기에.

지나온 시간 동안 나를 좋아했던 사람들과의 인연이나 남은 생애 동
안 맺어질 모든 새로운 인연 앞에서 이 집의 사랑과 평화로 응답해
주리라.

"진리가 너희를 자유롭게 하리라."

갑자기 환해오는 이 빛은 밖에서 비추어 주는 불빛도 누군가가 지펴

주는 불꽃도 아니다.
내 안에 본시 있던 불꽃이
아버지의 집에 들어서는 순간 점화되었을 뿐.

이윽고 영혼은 빛으로 가득 차고 의식은 종일토록 빛에 머문다.
시간도, 공간도, 사물도, 세상도,
모두 사라진 텅 빈 자리엔 오직 빛이 있을 뿐.

우리 모두는 각자 이렇게 자신의 빛으로 타오르는 일생을 가졌구나!
해서 나누어 줄 기름도 나누어 받아서도
안 되는 자신이 곧 등잔이어라.

잠자던 의식이 불을 켠 자리엔 처음부터 타고 있던 불이 있더라.
존재하던 빛, 그것만이 우리의 진실인 것을, 헛된 싸움이 끝나버리면
에너지의 낭비도 더는 없어진다.
불필요한 논쟁도 설명도 이제는 필요 없다.

빛 앞에 서라!
나는 본래 빛이었다.
타는 목마름은 이제 거두어라!
본시 무(無)였고 본시 사랑이었고,
그리고 모든 것이 빛 안에 존재했나니.
창조와 구원이 하나이고
우주와 생명이 모두 신성(神性)의 불꽃이었다.

창조의 빛이 만들어 내던 하나의 원을 돌며 우리 모두는 생겨나던 그
곳으로 돌아오게 되나니, 움직이고 펄럭이며 용을 쓰던 것은 모두 빛
의 그림자였을 뿐. 그러나 우리 모두는 여전히 무(無)이고 사랑이고
빛이란다.

방 안 가득 햇살을 들여 놓고 비움을 시도하는 영혼의
아름다움이 정녕 이것이었니!

구름 한 점 없는 하늘이라야 자신의 빛깔을 드러내듯,
그동안 내 것이 아닌
무게들을 너무 많이 싣고 있었던 몸이고 마음이었던 게다.

그것은 내가 아니었다.
이젠 내려놓아라.
때가 되었다.
가볍게 여장을 풀고 쪽 빛 하늘을 친구 삼아
순수의 빛 수레를 탈 때가 되었다.

내려놓으니 알겠다.
스스로 붙들고 용을 썼던 게
또한 바로 나였음을 온갖 즐거움의 너울을 쓰고
나를 부풀리던 헛된 몸짓일랑 이제 그만두자.
본래의 너로 돌아가거라.
모든 것을 멈춘 그 자리에 서거라.
사랑은 언제나 그 자리에 있었느니
거기에서는 바로 네가 사랑이어니.

_이유남(도미니까)

꽃도 없는 깊은 나무에

바람도 없는 공중에 수직(垂直)의 파문(波紋)을 내이며
고요히 떨어지는 오동잎은 누구의 발자취입니까.

지리한 장마 끝에 서풍에 몰려가는
무서운 검은 구름의 터진 틈으로
언뜻언뜻 보이는 푸른 하늘은 누구의 얼굴입니까.

꽃도 없는 깊은 나무에
푸른 이끼를 거쳐서
옛 탑(塔) 위의 고요한 하늘을 스치는
알 수 없는 향기는 누구의 입김입니까.

근원은 알지 못할 곳에서 나서
돌부리를 울리고 가늘게 흐르는
작은 시내는 굽이굽이 누구의 노래입니까.

연꽃같은 발꿈치로 가이없는 바다를 밟고,
옥같은 손으로 끝없는 하늘을 만지면서 떨어지는 날을
곱게 단장하는 저녁놀은 누구의 시(詩)입니까.

타고 남은 재가 다시 기름이 됩니다.
그칠 줄을 모르고 타는 나의 가슴은
누구의 밤을 지키는 약한 등불입니까.

_만해 한용운

속속들이 털어 놓으세요

신도 자신이 가진 모든 것을
우리에게 드러내십니다.

진실로 신은
자신이 줄 수 있는 것이
지혜이든, 진리이든, 비밀이든, 신성이든,
그 어떤 것이라도
우리에게 감추지 않으십니다.

우리가 그분에게
속속들이 털어놓기만 한다면
방금 드린 말씀은 참말입니다.

우리가 신께
속속들이 털어놓지 않으면
그분께서도 우리에게 털어놓지 않으십니다.

왜냐하면 우리가 그분에게 털어놓는 것과
그분께서 우리에게 털어놓는 것은
동등한 거래이기 때문입니다.

_마이스터 엑카르트

당신이 나에게

당신이 나에게
노래를 부르라고 명령하실 때,
나의 가슴은 자랑스러움으로 인하여
터질 것만 같았습니다.
나는 당신의 얼굴을 바라보면서
뜨거운 눈물을 흘립니다.

나의 생명 속에 깃들여 있는
거칠고 어긋난 모든 것들이 한 줄기의
아름다운 화음으로 녹아들고 있습니다.
나의 찬미는 바다를 날아가는 새처럼
즐겁게 날개를 펼칩니다.

나는 당신이 나의 노래를 듣고 있다는 사실을 알고 있습니다.
나는 오직 노래를 부르는 사람으로 내가 당신 앞에
나갈 수 있다는 것을 알고 있습니다.

활짝 펼친 내 노래의 날개 끝으로
나는 감히 닿을 수 없는
당신의 발을 어루만집니다.
노래를 부르는 즐거움에 젖어서,
나는 자아를 잃어버리고
나의 주인 당신을 친구라고 부릅니다.

_라빈드라나드 타고르

사랑에 대하여

사랑이 그대를 부를 때엔 그를 따르라.
비록 그 길이 험하고 가파를지라도,
사랑의 날개가 그대를 품어 안을 때엔
그에게 온 몸을 내맡기라.

비록 그 날개 안에 숨은 칼이
그대에게 상처를 줄지라도,
사랑이 그대에게 말할 때엔 그를 믿으라.

비록 폭풍이 정원을 폐허로 만들 듯이
사랑의 목소리가 그대의 꿈을
흩트러 놓을지라도,
사랑은 사랑 외엔 아무것도 주지 않으며
사랑 외엔 아무것도 바라지 않는 것.
사랑은 소유하지도 소유당할 수도 없는 것.
사랑은 사랑만으로 충분한 것.

_칼릴 지브란

모든 것을 사랑하라

모든 잎사귀를 사랑하라.
모든 동물과 풀들,
모든 것을 사랑하라.
네 앞에 떨어지는 빛줄기 하나까지도.

만일 네가
모든 것을 사랑할 수 있다면
모든 것 속에 담긴 신비를 보게 되리라.

만일 네가 모든 것 속에 담긴
신비를 본다면 날마다
더 많이
모든 것을 이해하리라.

그리고 마침내는
모든 것을 받아들이고
너 자신과 세상 전체를 사랑하게 되리라.

_Fyodor Mikhailovich Dostoevskii

별(別) 사랑

그대
아무 말 마세요.
그냥
나의 침묵을 느껴 보세요.

언어란
어지러운 생각의 찌꺼기
헤매는 영혼의 장난감
바보들의 소음.

그대
내 곁에 앉아
나의 침묵을 들어 보세요.

들리지 않는 그 소리가
그 침묵의 노래가
그대의 영혼에
아름다운 잠을 드릴 것입니다.

그대에 대한 나의 사랑은
이 같은 시이며,
그 같은 침묵이며,
무심(無心)입니다.

_묵연스님

문제 그 자체를 사랑하라

모든 시작에 앞서
가슴에서 풀리지 않는 것들에 대해
항상 인내하라.

또 잠겨 있는 방이나
어려운 외국어로 된 책을 대하듯
문제 그 자체를 사랑하라.

지금 당장 해답을 얻고자 서두르지 말라.
문제에 대한 해답은
문제와 함께 주어지지 않기 때문이다.
따라서 문제를 해결하는 가장 좋은 방법은
모든 문제들과 함께 숨 쉬는 것이다.

지금 당장 그대 앞에
문제들과 함께 숨 쉬어라.
그러면 언젠가 자신도 모르는 사이에
문제의 답이 그대에게
주어져 있음을 깨닫게 될 것이다.

항상 시작하는 자세로,
시작하는 사람으로 살아가라.

_라이너 마리아 릴케

나를 사랑해야 한다면

당신이 나를 사랑해야 한다면
오로지 사랑을 위해서만 사랑해 주세요.
그리고 부디 미소 때문에, 미모 때문에, 부드러운 말씨 때문에,
그리고 또 내 생각과 잘 어울리는 재치 있는 생각 때문에,
그래서 그런 날이 내게 기쁨을 주었기 때문에,
사랑한다고는 정말 말하지 마세요.

님이여!
사실 이러한 것들은
그 자체가 변하거나 당신을 위하여 변하기도 합니다.
그러기에 그렇게 이루어진 사랑은
또 그렇게 잃어버리기도 하는 것입니다.

내 뺨의 눈물을 닦아주는
연민 어린 당신의 사랑으로도 날 사랑하진 마세요.
당신에게 오랫동안 위안 받았던 이는
웃음을 잃게 되고
그리하여 당신의 사랑을 잃게 될지도 모르지요.

오로지 사랑을 위해서만 날 사랑해 주세요.
영원토록.
언제까지나 사랑할 수 있는 사랑을 위해서만
나를 사랑해 주십시오.

_엘리자베스 바레트 브라우닝

누군가 너무 그리워질 때

누군가 그리워질 때 보고 싶은 만큼 나도 그러하다네.
하지만 두 눈으로 보는 것만이 다는 아니라네.
마음으로 보고 영혼으로 감응하는 것으로도
우리는 함께 일 수 있다네.
결국 있다는 것은 현실의 내 곁에 존재하지는 않지만
우리는 이미 한 하늘 아래 저 달 빛을 마주보며
함께 호흡을 하며 살고 있다네.
마음 안에서 늘 항상 함께라네.
그리하여 이 밤에도 나는 한사람에게 글을 띄우네.
그리움을 마주보며 함께 꿈꾸고 있기 때문이라네.

두 눈으로 보고 싶다고 욕심을 가지지 마세.
내 작은 소유욕으로
상대방이 힘들지 않게 그의 마음을 보살펴 주세.
한 사람이 아닌 이 세상을 이 우주를 끌어안을 수 있는
넉넉함과 큰 믿음을 가지세.
타인에게서 이 세상과 아름다운 우주를 얻으려 마세.
내안의 두 눈과 마음의 문을 활짝 열고
내안의 시간과 공간이 존재하는 내 우주를 들여다보세.
그것이 두 눈에 보이는 저 하늘과 같다는 것을
이 우주와 같다는 것을 깨닫게 될 걸세.

그 안에 내 사랑하는 타인도 이미 존재하고 있음이
더 이상 가슴 아파할 것 없다네.
내 안에 그가 살고 있음이 내 우주와 그의 우주가 이미 하나이니

타인은 더 이상 타인이 아니라네.
주어도 아낌이 없이 내게 주듯이
보답을 바라지 않는 선한 마음으로
어차피 어차피…… 사랑하는 것조차,
그리워하고 기다리고 애태우고
타인에게 건네는 정성까지도
내가 좋아서 하는 일 아니던가.

결국 내 의지에서 나를 위해 하는 것이 아니던가.
가지려하면 더더욱 가질 수 없고
내 안에서 찾으려 노력하면
갖게 되는 것을 마음에 새겨 놓게나.

그대에게 관심이 없다 해도,
내 사랑에 아무런 답변이 없다 해도,
내 얼굴을 바라보기도 싫다 해도,
그러다가 나를 잊었다 해도,
차라리 나를 잊은 내안의 나를 그리워하세.

_법정스님

신발 한 짝

열차가 플랫폼을 막 출발했을 때 일이다.
열차의 승강대를 딛고 올라서던 간디는
실수로 그만 한쪽 신발을 땅에 떨어뜨리고 말았다.

열차는 속도가 붙기 시작했으므로
그 신발을 주울 수 없었다.
옆에 있던 친구가 그만 포기하고
차내로 들어가자고 말했다.

그런데 간디는 얼른 한쪽 신발을 마저 벗어 들더니
금방 떨어뜨렸던 신발을 향해 세게 던지는 것이었다.
친구가 의아해서 그 까닭을 물었다.
간디는 미소 띤 얼굴로 이렇게 대답했다.

"누군가 저 신발을 줍는다면
두 쪽이 다 있어야 신을 수 있을게 아닌가."

_간디

손을 잡으면

손을 잡으면 마음까지 따뜻해집니다.
누군가와 함께 가면 갈 길이 아무리 멀어도 갈 수 있습니다.
눈이 오고 바람 불고 날이 어두워도 갈 수 있습니다.

바람 부는 들판도 지날 수 있고
위험한 강도 건널 수 있으며, 높은 산도 넘을 수 있습니다.
누군가와 함께라면 갈 수 있습니다.

나 혼자가 아니고 누군가와 함께라면 손 내밀어 건져주고 몸으로 막
아주고, 마음으로 사랑하면 나의 갈 길 끝까지 잘 갈 수 있습니다.

이 세상은 혼자 살기에는 너무나 힘든 곳입니다.
단 한 사람이라도 사랑해야 합니다.
단 한 사람의 손이라도 잡아야 합니다.
단 한 사람이라도 믿어야 하며, 단 한사람에게라도 나의 모든 것을
보여 줄 수 있어야 합니다.

동행의 기쁨이 있습니다.
동행의 위로가 있습니다.
그리고 결국 우리는 누군가의 동행에 감사하면서 눈을 감게 될 것입
니다. 우리의 험난한 인생길 누군가와 손잡고 걸어갑시다.
우리의 위험한 날들도 서로 손잡고 건너갑시다.
손을 잡으면 마음까지 따뜻해집니다.

_지식in

그대가 보고자 하는 눈만 있다면

그대가 보고자 하는 눈만 있다면
세계 도처에서 캘커타를 발견할 수 있을 것입니다.
캘커타 거리는 그 자체로 모든 사람을 어떤 문으로 이끌어 줍니다.
그대는 아마도 어느 날 캘커타로 여행을 오고 싶어 할지도 모르지요.

이렇게 우리는 먼 곳에 있는 이들을
사랑하기가 더 쉬울지도 모릅니다.
그러나 바로 내 곁에 있는 이들을
한결같이 사랑하기란 쉽지 않습니다.
나는 진정 가난한 이들에 대해서 알고 있는가요?

단순히 먹을 것이 부족한데서 오는
가난이 아닌 가난을 이해하고 있는가요?
멀리 있는 사람들을 사랑하는 것이 오히려 쉽습니다.

그러나
우리에게 가까이 있는 사람들을 항상 사랑하기란 쉽지 않습니다.
음식으로 배고픔을 달래주는 일은
사랑받지 못한 외로움과 아픔을 달래주는 일보다는
쉽다는 것을 가정에서도 보게 됩니다.

여러분의 가정에 사랑을 가져오십시오.
이곳이야말로 우리 서로를 위한 사랑이 시작되는 장소이니까요.

_마더 테레사

애정과 미움은 동전의 양면

애정과 미움은 동전의 양면처럼 짝을 지어 작용한다.

마음속에서 당신이 '나는 그를 사랑하지 않아' 라고
말하는 순간 당신은 그에게 미움을 느낄 것이다.

그것은 자기 세뇌와 같다.
당신의 마음은 좀 더 매력적인 사람을 찾고 있다.

매력이 며칠 동안 지속되다가 사라지면
그는 당신의 남편처럼 재미없는 사람이 된다.
삶의 수레바퀴는 쾌락과 고통 속을 헤매고 평화는 오지 않는다.

서로 간에 자신만을 위한 욕망을
희생하지 않는다면 함께 살아갈 수 없다.
둘이 함께라면 둘은 자유롭지만
하나가 제멋대로 움직이려한다면 둘은 자유로워질 수 없다.

당신의 과거 애정관계를 돌아보면
서로 헤어지게 된 것은
둘 중 하나가 혹은
둘 다가 자기만의 바램을 채우려고
따로 움직이기 시작했기 때문이라는
사실을 알 수 있을 것이다.

_바바하리다스

참된 사랑

참된 사랑은
이기적이지 않습니다.
참된 사랑은 주는 사람이나
받는 사람 모두를 자유롭게 해 줍니다.

우리가 사랑받고 있다는 것을 알 때
우리의 마음은 한없이 따뜻해지고
우리 앞에 놓여 있는 어려움도
큰 문제가 되지 않습니다.

참된 사랑은
서로를 구속하는 것이 아니라
서로의 마음을 결속시켜 주는 것이고,
더욱 성장하고 변화할 수 있도록
그리고 서로를 위해서라면
헤어질 수 있는 용기도 가질 수 있도록
격려해 주는 것입니다.

참된 사랑은
순간순간의 경험을 소유하는 것이 아니라
그런 경험들을 소중히 여기고 돌봐주는 것입니다.

_카렌 케이시

용서는 가장 큰 마음 수행

나를 고통스럽게 만들고
상처를 준 사람에게
미움이나 나쁜 감정을 키워 나간다면
내 자신의 마음의 평화만 깨어질 뿐이다.

하지만 그를 용서한다면
내 마음은 평화를 되찾을 것이다.
우리를 힘들게 하고 상처입힌 누군가가 있기 때문에
우리는 용서를 베풀 기회를 얻는다.

용서는 가장 큰 마음의 수행이다.
용서는 단지 우리에게 상처를 준 사람들을
받아들이는 것만을 의미하지는 않는다.

그것은 그들을 향한 미움과 원망의 마음에서
스스로를 해방시키는 것이다.
그러므로 용서는 자기 자신에게
베푸는 가장 큰 선물인 것이다.

_달라이라마

조건 없는 사랑

우리는 상대방에 대하여 그토록 많은 사랑을 보여 주었는데도
상대방이 자신을 사랑하지 않는다고 비난한다.
이 경우에 자신이 알지 못하는 것은
조건 없는 사랑만이 진정한 사랑이라는 것이다.

그 밖의 모든 것은 가장이다.
만일 상대방을 참으로 사랑한다면
그 결과가 어떤 것이던 우리는 그가 행복하기를 바랄 것이다.

누군가를 진짜로 사랑하려면
우리는 먼저 사랑이 무엇인지를 알아야 하고,
사랑은 참된 나를 발견할 때만 이루어질 수 있음을 알아야 한다.

참 나를 발견할 때 우리는 자신을 사랑하지 않을 수 없다.
그리고 자신을 사랑하려면
자신이 모르는 것을 사랑할 수는 없는 법이니,
먼저 자신의 나가 사랑임을 알아야 한다.

조건 없는 사랑은 자신이 사랑이기에 사랑하고
자신의 축복을 조건에 따라 내리지 않기에 사랑한다.
그것은 유자격자와 무자격자를 똑같이 사랑한다.
사랑의 본성은 사랑하는 것이니 그럴 수밖에 없다.
그리고 오직 그렇게 할 때만 사랑은 확장될 수 있다.

_페테르 에르베

가슴의 연못에서

가슴을 꽃피우려면
우리 자신뿐 아니라 남을 미워하지 말아야 한다.
미움은 연못을 얼어붙게 하고,
연꽃 줄기를 메마르게 하는 가을의 서리나 마찬가지이다.

사랑은 모든 속박으로부터의 자유이다.
사랑은 우리의 머리로 만들어 낼 수도 없으며,
우리들의 육체로 만들 수가 없다.
사랑은 사랑 자체의 순수함 속에 존재하고
사랑 자체 때문에 빛난다.

연못에 활짝 핀 연꽃은
남의 시선을 끌려고 애쓰지 않더라도 모든 이의 눈길을 끈다.

가슴의 연못에서 사랑의 연꽃이 활짝 피어나면 모든 이들이
그 연꽃을 보고 느낄 수가 있으며,
꿀을 따러 오는 벌들처럼 찾아온다.

사랑이 그대의 가슴 속에서 자라도록 하라.
마음이 순수해질수록
더 많은 사랑이 솟아날 터이고,
그러면 어느 날 그대는 사랑과 하나가 되리라.

_바바하리다스

사랑이란 이름은

우리가 흔히 말하는 '사랑' 이란 무엇인가.
세속적인 의미로 그것은 단지
상대방에 대한 집착과 기대,
동물적 쾌락의 느낌 등이
뒤섞인 것에 불과한 것이 아닌가.
이런 종류의 사랑은 완전하지 못하다.
기껏해야 애증, 쾌락, 고통,
집착과 혐오 사이를 오락가락 할 뿐이다.
세상에서 완전한 노릇을 하려면
서로 대립되는 한 쌍이 있어야 한다.
이때 긍정적인 쪽이 우세한 상태를 사랑, 행복, 평화라고 하며
부정적인 쪽이 강하면 절망과 고통, 슬픔이라 일컫게 되는 것이다.
인간이 마음은 누구나 에고 '나' 와 밀접한 관련이 있다.

서로 대립되는 한 쌍이 마음에 의해
'나는 이것이다' , '나는 저것이다' 라는 식으로
분별되는 것이다.
하지만 만일 이런 마음이 더 이상 '나' 혹은 '자아' 에
얽매이지 않게 된다면 어떻게 될까?
존재는 그때부터 그 모든 대립을 초월하여
순수한 사랑, 오직 그 자체로서 빛을 발하기 시작할 것이다.
이것이 바로 완전한 사랑, 그 자체요,
신이요, 평화 본래의 모습이다.

_바바하리다스

가장 아름다운 시간은 사랑하는 시간이다

우리에게 정말 소중한 것은
정녕 중요한 것은
당신이 어떤 차를 모느냐가 아니라
얼마나 많은 사람들을 태워 주느냐는 것이다.

정녕 중요한 것은 당신이 사는 집의 크기가 아니라
얼마나 많은 사람들을 집으로 초대하느냐는 것이다.

정녕 중요한 것은 당신의 사회적 지위가 아니라
당신의 삶을 어떤 사람들과 더불어 살아가느냐는 것이다.

정녕 중요한 것은 당신이 무엇을 가졌는가가 아니라
남에게 무엇을 베푸느냐는 것이다.

정녕 중요한 것은 얼마나 많은 친구를 가졌는가가 아니라
얼마나 많은 사람이 당신을 친구로 생각하느냐는 것이다.

정녕 중요한 것은 얼마나 많은 일을 했느냐가 아니라
당신의 가족과 사랑하는 이들을 위하여
보낸 시간이 얼마나 되느냐는 것이다.

정녕 중요한 것은 당신이 좋은 동네에 사느냐가 아니라
당신이 이웃사람들을 어떻게 대하느냐는 것이다.

_지식in

오늘을 사랑하라

오늘을 사랑하라.
어제는 이미 과거 속에 묻혀 있고
미래는 아직 오지 않은 날이라네.
우리가 살고 있는 날은 바로 오늘,
우리가 사용할 수 있는 날은 오늘,
우리가 소유할 수 있는 날은 오늘 뿐.

오늘을 사랑하라.
오늘에 정성을 쏟아라.
오늘 만나는 사람을 따뜻하게 대하라.
오늘은 영원 속의 오늘,
오늘처럼 중요한 날도 없다.
오늘처럼 소중한 시간도 없다.

오늘을 사랑하라.
어제의 미련을 버려라.
오지도 않은 내일을 걱정하지 말라.
우리의 삶은 오늘의 연속이다.
오늘이 30번 모여 한 달이 되고,
오늘이 365번 모여 일 년이 되고,
오늘이 3만 번 모여 일생이 된다.

_토머스 칼라일

겸손과 내적 평화

겸손과 내적 평화는
나란히 존재하는 것이다.
타인에게 자신의 유능함을
증명하려는 욕망이 적은 사람일수록
얼굴에 평온함이 가득하다.

자신의 가치를 증명하고자 하는 욕심은
위험한 함정과 같다.
또한 계속해서 자신의 성취를 내보이며 자랑하고,
인간으로서의 가치를 타인에게
확신시키려고 애쓰는 것은
마음을 피로하게 만든다.

현실은 역설적이다.
다른 사람들의 동의를 얻기 위해
애쓰지 않을수록
그들로부터 더 큰 동의를 얻을 수 있다.

사람들은 대개 자신이 옳다는 것을
증명해 보일 필요가 없는 사람,
타인의 가치를 깎아 자신의 것으로 만들 필요가
없는 사람, 다시 말해 조용한 내적 확신을 가진
사람에게 끌리기 마련이다.

_리처드 칼슨

마음 나누기

두 손을
꼭 움켜쥐고 있다면,
이젠 그 두 손을 활짝 펴십시오.
가진 것이 비록 작은 것이라도 그것이
꼭 필요한 사람이 있으면 나누어 주십시오.

이는 두 손을 가진
최소한의 역할이기 때문입니다.

두 눈이
꼭 나만을 위해 보았다면,
이젠 그 두 눈으로 남도 보십시오.
보는 것이 비록 좁다 할지라도 도움이
꼭 필요한 사람을 본다면 찾아가서 도움을 주십시오.

이는 두 눈을 가지고 해야
할 임무이기 때문입니다.

두 귀로
꼭 달콤함만 들었다면
이젠 그 두 귀를 활짝 여십시오.
듣는 것이 비록 싫은 소리라도 그것이
꼭 필요한 사람이 있으면 들어주며 위로하여 주십시오.
이는 두 귀를 가지고
함께 할 조건이기 때문입니다.

입으로
늘 불평만 하였다면,
이젠 그 입으로 감사하십시오.
받은 것이 비록 작다 해도 그것을
감사하는 사람과 손잡고 웃으면서 고마워하십시오.
이는 고운 입 가지고
살아 갈 기준이기 때문입니다.

마음을
꼭 닫으면서 살았다면,
이젠 그 마음의 문을 여십시오.
마음 씀이 비록 크지 않더라도
주변의 사람을 향하여 미소로서 대하며 사십시오.
이는 내가 사랑을
받고 나눠야 할 책임이기 때문입니다.

_지식in

짧은글 긴생각

그대 느꼈으면 행복했을 것을, 마음을 멈추고 다만 바라보라

1판1쇄 발행 2019년 1월 10일
지은이 발타자르 그라시안, 달라이 라마, 바바하리다스, 틱낫한 등
엮은이 강나루 **일러스트** 황윤하
펴낸곳 북씽크 **펴낸이** 강준린
주소 서울시 서초구 명달로 24길46, 3층 302호 **전화** 070-7808-5465
등록번호 206-86-53244 ISBN 978-89-97827-40-4
이메일 bookthink2@naver.com
Copyright ⓒ2019 발타자르 그라시안 등